叶紫

中国现代散文经典文库

黄勇/主编

汕头大学出版社

图书在版编目(CIP)数据

中国现代散文经典文库. 叶紫/黄勇主编. —汕头：汕头大学出版社. 2012.1(2021.6 重印)
ISBN 978-7-5658-0579-0

Ⅰ.①中… Ⅱ.①黄… Ⅲ.①散文集—中国—现代 Ⅳ.①I266

中国版本图书馆 CIP 数据核字(2012)第 008936 号

叶 紫

YE ZI

总 策 划　赵　坚	印　　刷　永清县晔盛亚胶印有限公司
主　编　黄勇	开　　本　705mm×960mm　1/16
责任编辑　胡开祥	印　　张　12
责任技编　黄东生	字　　数　166 千字
装帧设计　袁　野	版　　次　2012 年 1 月第 1 版
出版发行　汕头大学出版社	印　　次　2021 年 6 月第 4 次印刷
广东省汕头市大学路 243 号	定　　价　39.80 元
汕头大学校园内	书　　号　ISBN 978-7-5658-0579-0
邮政编码　515063	
电　　话　0754-82904613	

版权所有,翻版必究　如发现印装质量问题,请与承印厂联系退换

前　言

由成立于1930年的"左翼作家联盟"所倡导的革命文学，以现实主义的笔触描绘了当时中国疾苦多难的社会现实，而其中最能掺和着自己的血泪，从正面表现农民的苦难、觉醒与对生活的期冀的是"左联"后期的青年作家叶紫（1912—1939）。

叶紫原名余昭明，又名鹤林，1912年出生在风景如画的湖南益阳县月塘湖乡。在1926年的湖南农民运动中，全家都投入到革命的洪流当中，直到次年"马日事变"，父亲、叔父、姐姐相继殉难。逃出白色恐怖的叶紫开始了他艰难的漂泊生活，做苦工、拉洋车、当兵、讨饭、教书。难怪鲁迅在1935年《叶紫作〈丰收〉序》中说到："作者还是一个青年，但他的经历，却抵得太平天下的顺民一个世纪的经历。"1932年叶紫与友人创办《无名文艺》旬刊，同年参加"左联"，次年又加入中国共产党。1935年，叶紫患了严重的肺病，抗战爆发后曾一面治病，一面参加抗日救亡运动，1939年10月因病去世，年仅27岁。

真正体现叶紫创作成就的是他的小说，在短短六年的创作生涯里，作者肩负山一般的仇恨和火一样的愤怒，在创作上直指"时代的核心"，通过对人物性格的复杂化描写和人物心理的深度分析来表现故乡洞庭湖畔农民的苦难与抗争。以小说闻名的叶紫，同样善于写散文，其中结成集子的有《古渡头》、《夜雨飘流的回忆》等。他的散文同他的生命一样，都在一种极严酷的环境里显得更为坚实。叶紫属于那种来自生活底层，在暴风雨的年代里有着传奇般生平的作家，表现在散文的创作中便有一种战斗的激情和阔大的精神风貌。无论是抒写个人生活，还是描绘战斗经历，再或是批判惨烈的人生，叶紫的散文总是洋溢着理想的光辉，充满了昂扬的音调，虽不回避斗争的残酷却有一种悲壮的美感。在艺术表现形式上，作品叙事与抒情、哲理与意境完美融合，笔法粗放自由，善于刻镂人物、烘托气氛，表现出一位在时代风雨中孕育成熟的文艺战士的真实情感和宏阔的精神风貌。

就在叶紫继续迈步追求左翼文学多样化的时候，命运却又一次表现了对天才的无情。但就在他短促的 27 年的生命历程中，叶紫却为革命文学留下了分量不轻的遗产。然而作者所表现出的更加显豁的艺术前景却只能到此止步，正如刘西渭说的那样，"死带走了最好的部分"。

本书收录了叶紫散文创作的大部经典作品，读者可以从中体会到一个匆匆闪过的天才的其人其文所特有的优秀品格。

目 录

我怎样与文学发生关系 …… 1
好消息 …… 7
殇儿记 …… 11
玉　衣 …… 14
夜雨飘流的回忆 …… 18
鬼 …… 23
病中日记 …… 27
行军掉队记 …… 74
行军散记 …… 83
流　亡 …… 94
夜的行进曲 …… 103
感想·意见·回忆 …… 106
还乡杂记 …… 108
岳阳楼 …… 116
古渡头 …… 119
南行杂记 …… 124

插　田	134
长江轮上	138
致张天翼书	143
我为什么不多写	147
我们需要小品文和漫画	151
爱伦凯与柯仑泰	152
忆家煌	157
关于《天下太平》	159
"手续费"与"刀手费"	161
从这庞杂的文坛说到我们这刊物	163
国防文学的随感二则	166
《星》后记	169
痛苦的感想	171
致许广平信	172
回到乡村	174
读《丰饶的城塔什干》	176
《丰收》自序	182
《丰收》后记	183
《丰收》四版的话	184
悼高尔基	185

叶　紫

我怎样与文学发生关系

　　我是一个不懂文学的人，然而，我又怎样与文学发生了关系的呢？当我收到"我与文学"这样一个征文的题目的时候，我真的不知道从什么地方说起啊！

　　童年时代，我是一个小官吏家中的独生娇子。在爸妈的溺爱之下，我差不多完全与现实社会脱离了关系。我不知道米是从什么地方来的，我不知道这世界有多大；我更不知道除了我的爸妈之外，世界上还有着许多许多我所不认识的人，还有着许多许多我所不曾看到的鬼怪。

　　六岁就进了小学。在落雨不去上学，发风不去上学，出大太阳又怕晒了皮肤的条件之下，一年又一年地我终于混得了一张小学毕业的文凭。

　　进中学已经十二岁了。这是我最值得纪念的，开始和我的爸妈离开的一日。中学校离我的故乡约二百里路程，使我不得不在校中住宿。为了孤独，为了舍不下慈爱的爸妈，我在学校宿舍里躺着哭了四五个整天。后来，是训育先生抚慰了我一阵，同学们像带小弟弟似地带着我到处去玩耍，告诉我许多看书和游戏的方法，我才渐渐地活泼起来。我才开始领略到了学校生活中的乐趣。

中学校，是有着作文课的。我还记得，第一次先生在黑板上写下的作文题目是叫做"我的志愿"。

接着，先生便在讲台上，对着我们手舞脚蹈地解释了一番。

"……你还是欢喜做文学家呢？科学家呢？哲学家呢？教育家呢？……你只管毫无顾忌地写出来……"

当时我所写的是什么呢？现在已经完全记不起来了。不过，从那一次作文课以后，却使我对于将来的"志愿问题"一点上，引起了非常浓厚的兴趣。

"我到底应该做一个什么人物呢？将来……"

每当夜晚下了自修课，独自儿偎在被窝里面的时候，小小的心灵中，总忍不住常常要这样地想。

"爸爸是做官儿的人，我也应该做官儿吧！不过，我的官儿应当比爸爸的做得更大，我起码得像袁世凯一样，把像在洋钱上铸起来……

"王汉泉跑得那样快，全学校的人都称赞他，做体育家真出风头……

"牛顿发明了那许多东西，牛顿真了不得，我还是做牛顿吧！……

"哥伦布多伟大啊！他发现了一个美洲……

"李太白的诗真好，我非学李太白……"

于是乎，我便在梦里常常和这许多人做起往来来。有时候，我梦见坐在一个戏台上，洋钱上的袁世凯跪在我的下面向我叩着头。有时候，我梦见和一个怪头怪脑的家伙，坐在一个小洋船上，向大海里找寻新世界。有时候，我梦见做了诗人，喝了七八十斤老酒，醉倒在省长公署的大门前。有时候，……

这样整天整夜像做梦般的，我过了两年最幸福的中学生生活。

不料一九二六年的春天，时代的洪流，把我的封建的，古旧的故乡，激荡得洗涤得成了一个畸形的簇新的世界。我的一位顶小的叔叔，便在这一个簇新世界的洪流激荡里，做了一个主要的人。爸爸也便没有再做小官儿了，就在叔叔的不住的恫吓和"引导"之下，跟着卷入了这一个新的时代的潮流；痛苦地，茫然地跟着一些年轻人干着和他自己本来志愿完全相违反的事。

"孩子是不应该读死书的，你要看清这是什么时代！"

这样叔叔便积极地向我进攻起来。爸爸没有办法，非常不情愿地，把我从"读死书"的中学校里叫了出来，送进到一个离故乡千余里的，另外的，数着"一，二，三，开步走！"的学校里面去。

"唉！真变了啊！牺牲了我自己的老迈的前程还不上算，还要我牺牲我的年幼的孩子！……"

爸爸在送我上船，去进那个数"一，二，三，"的学校的时候，老泪纵横地望着我哭了起来。

我的那颗小小的心房，第一次感受着了沉重的压迫！

第二年（一九二七）的五月，我正在数"一，二，三，"数得蛮高兴的时候，突然，从那故乡的辽远的天空中，飞来了一个惊人的噩耗：——

整个的簇新的世界塌台了！叔叔们逃走了！爸爸和一个年轻的姊姊，为了叔叔们的关系失掉了自由！……

我急急忙忙地奔了回去。沿途只有三四天工夫，慢了，我终于扑了一个空……

爸爸！姊姊！……

天啊！我像一个刚刚学飞的雏雁，被人家从半天空中击落了下来！我的那小小的心儿，已经被击成粉碎了！我说不出来一句话。我望着妈，哭！妈望着我，哭！妈，五十五岁；我呢，一个才十五岁的孩子。

"怎么办呢，妈？"

"去！孩子！你是一个有志气的人，不要忘记了你的爸，不要忘记了你的苦命的妈！去！到那些不吃人的地方去！"

"是的，妈！我去！你老人家放心，我有志气，你看，妈！我是定可以替爸、姊出气的！报，我得报，报仇的！……妈！你放心！……

没有钱，什么都没有了，我还记得，当我悄悄地离开我的血肉未寒的爸爸的时候，妈只给我六十四个铜子。我毫无畏惧地，只提了一个小篮子，几本旧小说，诗，文和两套黑布裤褂，独自儿跑出了家门。

"到底到什么地方去呢？"我躲在一个小轮船的煤屑堆里是这样地想。

天，天是空的；水，水辽远得使人望不到它的涯际；故乡，故乡满地的血肉；自己，自己粉碎似的心灵！……

于是，天涯，海角，只要有一线光明存在的地方，我到处都闯！……

我想学剑仙，侠客；白光一道，我就杀掉了我的仇人，我便毁平了这吃人的世界！但是，我始终没有找到师父。虽然我的小篮子里也有过许多剑侠的小说书；我也曾下过决心，当过乞丐，独自儿跑过深山古庙，拜访过许多尼姑，和尚，卖膏药和走江湖的人……但是，一年，两年，苦头吃下来千千万万。剑仙，侠客，天外的浮云，……一个卖乌龟卦的老头子告诉我："孩子，去吧！你哪里有仙骨啊！……"

我愤恨地将几部武侠小说撕得粉碎！

"还是到军队里去吧，"我想。只要做了官，带上了几千几万的兵，要杀几个小小的仇人，那是如何容易的事情啊！还是，还是死心塌地地到军队中去吧！

挨着皮鞭子，吃着耳光，太阳火样地晒在我的身上，风雪像利刃似地刺痛着我的皮肤；沙子掺着发臭的谷壳塞在我的肚皮里；痛心地忍住着血一般的眼泪，躲在步哨线的月光下面拚死命地读着《三国演义》，《水浒》一类的书，学习着为官为将的方法。……但是，结果，我冲锋陷阵地拚死拚活干了两年，好容易地晋升了一级，由一等兵一变而为上等兵了。我愤恨得几乎发起疯来。在一个遍地冰霜的夜晚，我拖着我那带了三四次花的腿子，悄悄地又逃出了这一个陷人的火坑。

"我又到什么地方去呢？"

彷徨，浑身的创痛，无路可走！……

为了报仇，我又继续地做过许多许多的梦。然而，那只是梦，那只是暂时地欺骗着自家灵魂的梦。

饥饿，寒冷！白天，白天的六月的太阳，夜晚，夜晚檐下的，树林中的风雪！……

一切人类的白眼，一切人类的憎恶！……痛苦像毒蛇似的，永远地噬啮着我的心，……

于是，我完全明白了：世界上没有不吃人的地方，没有可以容许痛苦的人们生存的一个角落！除非是，除非是……

我完全明白了：剑仙，侠客，发财，升官，侠义的报仇，……永远走不通的死路！……

我从大都市流到小都市，由小都市流到农村。我又由破碎的农村中，流到了这繁华的上海。

年龄渐渐地大了，痛苦一天甚似一天地深刻在我的心中。我不能再乱冲乱闯了……我要埋着头，郑重地干着我所应当干的事业。……

就在这埋头的时候，我仍旧是找不到丝毫的安慰的。于是，我便由传统的旧诗，旧文，旧小说，鸳鸯蝴蝶派的东西，一直读到文学研究会，创造社，太阳社，以及新近由世界各国翻译过来的文学作品……

那仅仅只是短短的三四年工夫，便使我对于文学发生了非常浓厚的兴趣。

一方面呢，我是欲找寻着安慰；我不惜用心用意地去读，用心用意地去想，去理会；我像要从这里面找出一些什么东西出来，这东西，是要能够弥补我的过去的破碎的灵魂的。一方面呢，那是郁积在我的心中的千万层，千万层隐痛的因子，像爆裂了的火山似的，紧紧地把我的破碎的心灵压迫着，包围着，燃烧着，使我半些儿都透不过气来……

于是，我没有办法，一边读，一边勉强地提起笔来也学着想写一点东西。这东西，我深深地知道，是不能算为艺术品的，因为，我既毫无文学的修养，又不知道运用艺术的手法。我只是老老实实地想把我的浑身的创痛，和所见到的人类的不平，逐一地描画出来，想把我内心中的郁积统统发泄得干股净净……

我所发表的几个短篇小说和一些散文，便都是这样，没有技巧，没有修辞，没有合拍的艺术的手法，只不过是一些客观的，现实社会中不平的事实的堆积而已。然而，我毕竟是忍不住的了！因为我的对于客观现实的愤怒的火焰，已经快要把我的整个的灵魂燃烧殆毙了！

现在呢，我一方面还是要尽量地学习，尽量地读，尽量地听信我的朋友和前辈作家们的指导与批评。一方面呢，我还要更细心地，更进一步地，去刻划着这不平的人世，刻划着我自家的遍体的创痕！……一直到，一直到人类永远没有了不平！我自家内心的郁积，也统统愤发得干干净净了之后……

这样，我便与文学发生了异常密切的关系。

叶　紫

好消息

六十三岁的母亲，生肺病的老婆，和几个营养不良的孱弱的孩子，被饥饿，水灾和一些无情的环境的威胁，从三千多里路的故乡，狼狈地逃亡出来，想依靠我这一月有十多元稿费收入的儿子，丈夫和父亲过活。

一到岸，就是忙着诉说故乡的艰苦的情形和吃药。

因为还有一个姊姊带着四五个孩子留在故乡，母亲总是带着对于自己的飘流生活颇为满足的神情叹着气说：

"我们还好呢？虽然苦，合家都团圆了！……只有你姐姐，不知道她们的垸子倒溃没有！那样的不能活命的一家哟！……她是早该来信了的……"

弯着干枯的手指，算着：六天，八天……眼泪背着我们夫妇不知道偷偷地流了多少——悬望着那一封平安的来信。

在一个大雨的早晨，母亲为老婆的沉重的咳嗽和呼痛声敬了一个通宵的菩萨，睡着了。邮差从后门递上一封欠邮资的信件来，我付完了他八分邮票的铜元，躲在灶披间里急急忙忙地拆开来看。

字迹模糊，信壳和信纸都是用草纸做成的。还不曾看我就知道内容一定不妙。字,不是墨笔写的也不是铅笔写的,也许是用烧焦了的小树枝写的吧。我记得儿童时代曾同姐姐玩过用小树枝烧焦写字的把戏,大约她还不曾忘记,临时做来应用了。

我的手发着抖,看着信还要担心着母亲和老婆醒来。孩子已经哭起来了,我将她抱到我的身边,拿了一双筷子给她玩。我读着信,孩子用筷子敲着脸盆,并且唱着一种从故乡带来的饥民们流行的讨饭曲。

垸子,当然是倒溃了。姐姐的信,是伏在荒山中的一个石头上写的。她说:

"……那一晚,黑暗无光,大雨将屋顶都几乎打穿了。你姐夫被锣声叫出去抢险,我同五个孩子偎在堂屋中间,战颤地等着挡堤的人们的好消息。……通宵不睡的不只我们一家,可是他们,都焚着香,敲着磬,哭地喊天求菩萨!……狗和畜生都号叫起来了,好像知道有大祸临头似地到处找寻它们的安身处。……我尽量地制止孩子们不哭!可是锣声和雨声越来越紧……刚刚天亮的时候,突然地,不知道是那一方天崩地裂地一声,大水就排山倒海地涌进我们的禾田和堂屋中来了……

"我不知用什么话来告诉我们的苦况,总之,那个时候,我一看见水,就同见了催命的无常鬼似的,大声地哭叫起来了!孩子们都缠着我的身子,我不能跑出头门去求救,并且也没有人肯来救我们!你姐夫也不能回来……水一下子就高齐了板凳!……我将孩子们一个一个地送到板楼上。我们的板楼你知道,只有三块板子的。……正午,水封了我们的门,并且板楼上也平水了,我就只能将屋顶挖开,将孩子们送到屋顶上!……

"雨仍然很大,我们没有什么东西遮拦淋着,并且刮着狂风,浪头有时高齐我们的屋顶。我们的湿身子一直又等到太阳出来才晒干,晒得发昏,晒得发痛!……我们在屋顶上整整地挨了三天!……到第四天早晨,才看见你姐夫摇着一只破划船来。……孩子们,最小的一个死在我的怀抱里,别的一个——第三的——俊襄,不知道在夜间的什么时候,被浪涛卷到水中去了!也许是他自己饿昏了滚到水中去的,连一些儿声息都没有!……

"现在,弟弟!我不想再来诉说我的苦况。总之,一切你都想象得到的,你也曾经过不少次数的大水灾。……我们现在是被运送到这荒山上来了,这里满山都是灾民。也许他们中间还有比我们更苦的吧!他们整天地盼望着赈灾的老爷们从天上飞来。可是我,什么希望都是死灭的,因为我经过水灾的次数太多了,虽然这一次比无论那一次都厉害!……

"你姐夫已经五六天不沾水米了,浑身火热!可是他对我说:'你去吧!带着小的两个孩子,讨饭讨到上海去!你读了书,认识字,也许你的弟弟能给你想一点办法的!……大的孩子留给我,我只要病好一点就能捉鱼!……,'弟弟啊,我拿什么话来回答他呢?我知道,你自己也许会没有办法的!母亲,病着的弟媳和两个孩子,你又没有职业。并且,我们讨饭又是不许出境的……"

我读着信,我的鼻子一阵阵地发酸,可是我不能不极力地忍着不流眼泪。老婆的咳嗽声沉重起来了,我挟着孩子走上楼去,母亲已经又爬起来替老婆在倒开水。她一看见我就问:"是信吗?你在下面看的……""是的!"我说。我不能掩饰地将信放在台子上;我欺她不识字,态度安闲地说:"是姊姊来的好消息。她们的垸子没有溃倒!"

"好消息吗?阿弥陀佛!……皇天不负苦心人!"母亲合掌地说,"念呀!念给我听呀!一个一个字地念下去!"

我硬着嗓子念着,我觉得我的眼里看见的不是草纸做成的信纸,而是一片汪洋,一大堆一大堆的灾民的尸骨!那里面有着我的姊姊,甥儿,甚至于连我自己!而我的嘴里念出来的,却是一个完全相反的,丰登的,梦想不到的世界。我说:

"她说:'你要母亲千万不要着急,多亏官民同心协力的抢救,我们的垸堤没有溃倒!……现在早稻已经黄熟了,我收获得比任何年都多。孩子们也都十分健壮'……"

"真好啊!"母亲微笑了。

下午，我便偷偷地写了一封回信，说了好些不能搔着痛痒的，空洞的，安慰的话，将借来给老婆吃药的最后三元钱买了汇费。

"也许她们会收不到我这三元钱的！"走出邮局来，我忽然这样的伤心地想着，眼泪便再也忍不住地流下来了。

叶　紫

殇儿记

　　一个月之前，当我的故乡完全沉入水底的时候，我接到我姊姊和岳家同时的两封来信，报告那里灾疫盛行，儿童十有九生疟疾和痢疾，不幸传染到我的儿子身上来了。要我赶快寄钱去求神，吃药；看能不能有些转机。孩子的病症是：四肢冰冷，水泻不停，眼睛不灵活，等等。

　　我当时没有将来信给我的母亲和女人看，因为她们都还在病中。而且，我知道，水灾里得到这样病症，是决然，不可救治的。

　　我将我的心儿偷偷地吊起来了！弦背着母亲和女人，到处奔走，到处寻钱。有时，便独自儿躲到什么地方，朝着故乡的黯淡的天空，静静地，长时间地沉默着！我慢慢地，从那些飞动的，浮云的絮片里，幻出了我们的那一片汪洋的村落，屋宇，田园。我看见整千整万的灾民，将叶片似的肚皮，挺在坚硬的山石上！我看见畜生们无远近地飘流着！我看见女人和孩子们的号哭！我看见老弱的，经不起磨折的人们，自动的，偷偷地向水里边爬——滚！……

　　我到处找寻我的心爱的儿子，然而，我看不见。他是死了呢？还是仍旧混在那些病着的，垃圾堆似的，憔悴的人群一起呢？我开始埋怨起我的眼睛来。我使力地将它睁着！睁着！我用手巾将它擦着！终于，我什么都看不出：乌云四合，雷电交加，一个巨大的，山一般的黑点，直向我的头上压来！

我的意识一恢复，我就更加明白：我的孩子是无论如何不会有救的！他也和其他的灾民一样，将叶片似的肚皮挺在坚硬的山石上，哭叫着他的残酷的妈妈和狠心的爸爸！

我深深地悔恨：我太不应该仅仅因了生活的艰困，而轻易地，狠心地将他一个人孤零零地抛在故乡的。现在如何了呢？如何了呢？……啊啊！我怎样才能够消除我的深心的谴责呢？

也许还有转机的吧！赶快寄钱吧！我的心里自宽自慰地想着。我极力地装出了安闲镇静的态度来，我一点都不让我的母亲和女人知道。

一天的下午，我因为要出去看一个朋友，离家了约莫三四个钟头，回来已经天晚了。但我一进门——就听见一阵锐声的，伤痛的嚎哭，由我的耳里一直刺人到心肝！我打了一个踉跄，在门边站住了。我知道，这已经发生了如何不幸的事故！我的身子抖战着，几乎缩成了一团！

我的母亲，从房里突然地扑了出来，扭着我的衣服！六十三岁的老人，就像喝醉了酒的一般，哭哑她的声音了！她骂我是狠心的禽兽，只顾自己的生活，而不知爱惜儿女！甚至连孩子的病信都不早些告诉她。我的女人匍匐在地上，手中抱着孩子的照片，口里喷出了黑色的血污！我的别的一个，已经有了三岁的女孩，为了骇怕这突如其来的变乱，也跟着哇哇地哭闹起来了！

我的眼睛朦胧着，昏乱着！我的呼吸紧促着！我的热泪像脱了串的珠子似地滚将下来！我并不顾她们的哭闹，就伸手到台子上去抓那封湿透了泪珠和血滴的凶信：

"……没有钱医治，死了……很可怜的，是阴历七月，二十七日的早晨！……这里的孩子死得很多！……大人们也一样！……这里的人都过着鬼的生活，一天一天地都走上死亡的路道了！……"

眼睛只一黑，以后的字句便什么都看不出来了。

夜深时，当她们的哭声都比较缓和了的时候，我便极力地忍痛着，低声地安慰着我的女人：

"还有什么好哭的呢？像我们这样的人，生在这样的世界，原就不应该有孩子的！有了就有了，死了就死了！哭有什么裨益呢？孩子跟着我们还不是活的受罪吗？我们的故乡不是连大人们都整千整万的死吗？饥寒，瘟疫！……你看；你才咳出来的这许多血和痰！……"

我的女人朝着我，咬了一咬她那乌白色的嘴唇，睁着通红的眼；绝望地，幽幽地说：

"为什么呢？我们为什么要遭这样的苦难呢？我们的孩子！我们的故乡！……"

玉 衣

"玉衣,来——"

无论什么时候,只要我一叫,这不幸的孩子就立刻站在我的面前,用了她那圆溜溜的,惶惑的眼睛看定我;并且装出一种不自然的,小心的笑意。

我底心里总感到一种异样的苦痛和不安。我一看到她——一看到她那破旧的衣服,那枯黄的头发,圆溜溜的眼睛和青白少血的脸——这不安和苦痛就更加沉痛地包围着我,压迫着我!

我无论如何都不能将这枝痛苦的,毒箭似的根芽,从我的心中拔出去。

"是的,"我想:"我应该想法子将她送出去!送到妇孺救济所,济良所或者旁的收养孤儿的地方去,我不能让她跟着我受这样的活磨呀!"

当这孩子还远在故乡的时候,我就有了这样的打算的。我的女人给我的来信说:"这实在是一个聪明的伶俐的孩子,我来时一定要将她带来。关于她的身世——其实,你是应该知道的……"我的女人补充地说。而且不怕烦难地,更详细地又告诉了我:"她是我的那瞎了眼睛的,第六个堂哥的女儿,并且是最小最小的一个。她们的家境,你也应该知道的……当十年前,她的父亲还不曾瞎眼的时候,那就已经不能够支持一家八口的生活了。而她的诞生,就恰巧在她父亲双目失明的紧急的时候。当然,一切苦难的罪恶的帽子,是应该戴在她头上的。那还有什么好分辩的呢,这样的八字——一生下来就'冲'瞎了父亲的眼睛!……

"做婴孩的时候——那是我亲眼看见过的——他们将她看同猪狗一般,让她一个人躺在稻草窝里,自生自灭。给她喝一点米汤之类的什么东西,她倒反像一株野树似的,自己成长起来了。随后,因了她的天资聪明,伶俐,终于引起了母亲和其他的邻人叔伯们的怜爱!

"父亲的眼睛,是她们全家人的致命伤;八九年来,就只靠她妈妈纺纱织麻过活。前年大水,卖掉她的第一个姐姐;去年天干——第二个;今年,又轮到她头上来了。

"她是天天要跑到我这里来的。她一看见我,就比她自家的妈妈还要亲爱。真的,我不知怎样的特别欢喜了这个孩子。她的头发,眼,嘴唇,甚至她说的话的一字一句,都使我感到哀怜和疼爱。

"她常常对我哭诉地说:

"'阿姑,她们要卖我呢!卖我呢!……我的妈妈——她要将我卖到蛮远的那里去……'我说:'孩子,不会的!'可是,我的话什么用处也没有,他们终于寻到一个外乡的买主,开始了关于身价的谈判。"

"是的,佳!"我的女人亲切地叫着我的名字,说:"我太不应该,因了一时的感情冲动,而不顾你的生活负担,轻易,懵懂地,做做这样一桩侠义(?)的事情,我阻拦他们的买卖了。我借了五元钱送给我的瞎子哥哥,并且还约给他们代将玉衣养活……"

后来,她又在给我的一封反对她的回信中,再三解释地,说:

"我知道,佳!你是生气了。'侠义'的事情决不是我们这些人做的。因为侠义之不能打尽天下不平,和慈善之不能救尽天下的苦难一样。在这时候,原就什么都谈不到的。可是我,不知道怎样的,不能够!……我不能眼睁睁地望着这孩子去忍受那些人贩子的折磨,不能让她去饱虎狼们的肠腹!……

"这样的,我一定要将她带来。因为留在乡下,慢慢他们仍旧会将她卖掉的。而且谁也不能长期地为这孩子监护……

"至于我们的生活——以不加重你的负担为原则,我已经和我的爹妈商量好了。暂时将小的太儿留在家中,给爹妈代养,(因为他们不能代养玉衣的缘故)而交换地将玉衣带来!"

我没有再回信去非难我的女人了,也许是说看到了这桩事情没有继续讨论的必要;因为我的决定是:她来,我将她送出去就是了。然而我却想道:"这到底是怎样一个爱人的孩子呢?"

而现在,却活生生地站在你的面前:青白,少血,会说话,枯黄的头发,和圆溜溜的眼睛。虽然还不到十一岁,却几乎能懂得一个大人的事情了。我说:"孩子!你跟着我有什么好处呢?也许我明天就没有饭吃的,我完全养你不活呀!并无力替你做一身好的衣裳,又不能送你去读书,进学校。……来呀!你告诉我:我假如再将你送到一个旁的有饭吃的地方,你还愿意吗?"

她靠近到我的身边,咬着指头,瞪瞪眼;并且学着一个大人的声音,说:

"姑爷不会送掉我的。姑爷欢喜我,姑爷养活我!姑爷吃粥时多放一碗水吧!……"

而我的女人更怂恿地说:

"何必呢!你看,这孩子可怜的!你还将她送到什么地方去呢?你以为她的苦还受得不够吗?……只要我们大家少吃一碗饭!……等着过了今年,我们好再送她回去!……"

然而,生活却一步一步地紧逼着我。一家人,谁都不能减轻我的负担。而尤其是:每一看到她那身破旧的衣服。枯黄的头发和青白少血的脸,这种不安和苦痛,就更加沉重地包围着我,压迫着我!

我朝她看了又看，我替她想了又想。于是一种非常明了的意义，又从我的心中现了出来。

这样的孩子，生在这样的世界，是——永远都不会遇到良好的命运的啊！

夜雨飘流的回忆

一、天心阁的小客栈里

十六年——一九二七——底冬初十月,因为父亲和姊姊的遭难,我单身从故乡流亡出来,到长沙天心阁侧面的一家小客栈中搭住了。那时我的心境底悲伤和愤慨,是很难形容得出来的。因为贪图便宜,客栈底主人便给了我一间非常阴黯的,潮霉的屋子。那屋子后面的窗门,靠着天心阁的城垣,终年不能望见一丝天空和日月。我一进去,就像埋在活的墓场中似的,一连埋了八个整天。

天老下着雨。因为不能出去,除吃饭外,我就只能终天地伴着一盏小洋油灯过日子。窗外的雨点,从古旧的城墙砖上滴下来,均匀地敲打着。狂风呼啸着,盘旋着,不时从城墙的狭巷里偷偷地爬进来,使室内更加增加了阴森、寒冷的气息。

一到夜间,我就几乎惊惧得不能成梦。我记得最厉害的是第七夜——那刚刚是我父亲死难的百日(也许还是什么其他的乡俗节气吧),通宵我都不曾合一合眼睛。我望着灯光的一跳一跳的火焰,听着隔壁的钟声,呼吸着那刺心的、阴寒的空气,心中战栗着!并且想着父亲和姊姊临难时的悲惨的情形,我不知道如何是好!……而尤其是——自己的路途呢?交岔着在我的面前的,应该走哪一条呢?……母亲呢!……其他的家中人又都飘流到什么地方去了呢?

窗外的狭巷中的风雨，趁着夜的沉静而更加疯狂起来。灯光从垂死的挣扎中摇晃着，放射着最后的一线光芒，而终于幻灭了！屋子里突然地伸手看不见自己的拳头。

我偷偷地爬起来了，摸着穿着鞋子，伤心地在黑暗中来回地走动着。一阵沙声的，战栗的夜的叫卖，夹杂于风雨声中，波传过来了。听着——那就像一种耐不住饥寒的凄苦的创痛的哀号一般。

"结……麻花……哪！……"

"油炸……豆……腐啊！……"

随后，我站着靠着床边，怀着一种哀怜的，焦灼的心情，听了一会。突然地，我的隔壁一家药店，又开始喧腾起来了！

时钟高声地敲了一下。

我不能忍耐地再躺将下来，横身将被窝蒙住着。我想，我或者已经得了病了。因为我的头痛得厉害，而且还看见屋子里有许多灿烂的金光！

隔壁的人声渐渐地由喧腾而鼎沸！钟声、风雨的呼声和夜的叫卖，都被他的喧声遮拦着。我打了一个翻身，闭上眼睛，耳朵便更加听得清楚了。

"拍！呜唉唉……呜唉唉……拍——拍……"

一种突然的鞭声和畜类底悲鸣将我惊悸着！我想，人们一定是在鞭赶一头畜生工作或进牢笼吧！然而我错了，那鞭声并不只一声两声，而悲鸣也渐渐地变成锐声的号叫！

黑暗的，阴森的空气，骤然紧张了起来。人们的粗暴而凶残的叫骂和鞭挞，骡子（那时候我不知道是怎样地确定那被打的是一头骡子）的垂死的挣扎和哀号，一阵阵的，都由风声中传开去。

全客栈的人们大都惊醒了，发出一种喃喃的梦呓似的骂詈。有的已经爬起来，不安地在室中来回地走动！……

我死死地用被窝包蒙着头颅很久很久，一直到这些声音都逐渐地消沉之后。于是，旧有的焦愁和悲愤，又都重新涌了上来。房子里——黑暗；外边——黑暗！骡子大概已经被他们鞭死了。而风雨却仍然在悲号，流眼泪！……我深深地感到：展开在我的面前的艰难底前路，就恰如这黑暗的怕人的长夜一般：马上，我就要变成——甚至还不如——一个饥寒无归宿的，深宵的叫卖者，或者一头无代价的牺牲的骡子。要是自己不马上振作起来，不迅速地提起向人生搏战的巨大的勇气——从这黑暗的长夜中冲锋出去，我将会得到一个怎样的结果呢？

父亲和姊姊临难时的悲惨的情形，又重新显现出来了。从窗外的狭巷的雨声之中，透过来了一丝丝黎明的光亮。我沉痛地咬着牙关地想，并且决定：

"天明，我就要离开这里——这黑暗的阴森的长夜！并且要提起更大的勇气来，搏战地，去踏上父亲和姊姊们曾经走过的艰难底棘途，去追寻和开拓那新的光明的路道！……"

二、在南京

一九二八年十月八日，船泊下关，已经是晚上九点多钟了。

抱了什么苦都愿意吃，什么祸都不怕的精神，提着一个小篮子，夹在人丛中间，挤到岸沿去。

马路上刮着一阵阵的旋风，细微的雨点扑打着街灯的黄黄的光线。两旁的店面有好些都已经关门安歇了。马车夫和东洋车夫不时从黑角落里发出一种冷得发哑了的招呼声。

我缩着头，跟着一大伙进城的东洋车和马车的背后，紧紧地奔跑着，因为我不识路，而且还听说过了十点钟就要关城门。我的鞋子很滑，跑起来常常使我失掉重心，而几乎跌倒。雨滴落到颈窝里，和汗珠溶成一道，一直流到脊梁。我喘着气，并且全身都忍耐着一阵湿热的煎熬。

"站住！……到哪里去的？"

前面的马车和东洋车都在城门前停住了。斜地里闪出来一排掮着长枪的巡兵，对他们吆喝着。并且有一个走近来，用手电筒照一照我的篮子，问。

我慌着说：由湖南来，到城里去找同乡的。身边只有这只篮子……

马车和东洋车都通行了。我却足足地被他们盘问了十多分钟才放进去。

穿过黑暗的城门孔道，便是一条倾斜的马路。风刮得更加狂大起来，雨点已经湿透到我的胸襟上来了。因为初次到这里而且又无目的的原故，我不能不在马路中间停一停，希图找寻一个可能暂时安歇的地方。篮子里只有十四个铜元了。我朝四围打望着：已经没有行人和开着的店面。路灯弯弯地没入在一团黑魆魆的树丛中。

我不禁低低地感叹着。

后面偶尔飞来一两乘汽车，溅得我满身泥秽。我只能随着灯光和大路，弯曲地，蹒跚地走着。渐渐地冷静得连路旁都看不见人家了。每一个转弯的阴黯的角落，都站着有挏枪的哨兵，他们将身子完全包藏在雨衣里，有几处哨兵是将我叫住了，盘问一通才放我走的。我从他们的口里得知了到热闹的街道，还有很多很多路。并且马上将宣布戒严，不能再让行人过了。

就在一个写着"三牌楼"的横牌的路口上，我被他们停止了前进和后退。马路的两旁都是浓密的竹林，被狂风和大雨扑打得嗡嗡地响。我的脚步一停顿，身子便冷到战栗起来！

"我怎么样呢？停在这里吗？朋友？……"我朝那个停止我前进的，包藏在雨衣里面的哨兵回问着。那哨兵朝背后的竹林中用一枝手电筒指了一下。

"那中间……"他沙声地，好像并不是对着我似地说。"有一个茅棚子，你可以去歇一歇的。一到天明——当然，你便好走动了……"

我顺着他的电光，不安地，惶惧地钻进林子中间去，不十余步，便真有一个停放着几副棺材的茅棚子。路灯从竹林的空隙中，斜透过雨丝来，微微地闪映着，使我还能胆壮地分辨得棺材的位置和棚子的大小。

21

我走进去，从中就升起了一阵腐败的泥泞的气味。棚子已经有好几处破漏了。我靠着一口漆黑的棺木的旁边，战栗地解开我的湿淋淋的衣服。不知道怎样的，每当我害怕和饥寒到了极度的时候，心中倒反而泰然起来了。我从容地从篮子里取出一件还不曾浸湿的小棉衣来，将上身的短的湿衣更换着。

　　路灯从竹林和雨丝中间映出来层层的影幻。我将头微微靠到棺材上。思想——一阵阵的伤心的思想，就好像一团生角的，多毛的东西似的，不住地只在我的心潮中翻来覆去：

　　"故乡！……黑暗的天空……风和雨！……父亲和姊姊的深沉的仇恨！……自家的苦难的，光明的前路！……哨兵，手电，……棺材和那怕人的，不知名姓的尸身！……"

　　这一夜——苦难的伤心的一夜，我就从不曾微微地合一合眼睛，一直到竹林的背后，透过了一线淡漠的黎明的光亮来时。

叶　紫

鬼

关于迷信，我不知道和母亲争论多少次了。我照书本子上告诉她说：

"妈妈，一切的神和菩萨，耶稣和上帝……都是没有的。人——就是万能！而且人死了就什么都完了，没有鬼也没有灵魂……"

我为了使她更加明白起见，还引用了许多科学上的证明，分条逐项地解释给她听。然而，什么都没有用。她老是带着忧伤的调子，用了几乎是生气似的声音，悽着她那陷进去了，昏黄的眼睛，说：

"讲到上帝和耶稣，我知道——是没有的。至于菩萨呢，我敬了一辈子了。我亲眼看见过许多许多……在夜里，菩萨常常来告诉我的吉凶祸福！……我有好几次，都是蒙菩萨娘娘的指点，才脱了苦难的！……鬼，也何尝不是一样呢？他们都是人的阴灵呀，他们比菩萨还更加灵验呢。有一次，你公公半夜里从远山里回来，还给鬼打过一个耳光，脸都打青了！并且我还看见……"

我能解释得出的，都向她解释过了：那恰如用一只钉想钉进铁板里去似的，我不能将我的理论灌入母亲的脑子里。我开始感觉到：我和母亲之间的时代，实在相差得太远了；一个在拼命向前，一个却想拉回到十八或十九世纪的遥远的坟墓中去。

就因为这样,我非常艰苦地每月要节省一元钱下来给母亲做香烛费。家里也渐渐成为菩萨和鬼魂的世界了。铜的,铁的,磁的,木的……另外还有用红纸条儿写下来的一些不知名的鬼魂的牌位。

大约在一个月以前,为了实在的生活的窘困,想节省着这一元香烛钱,我又向母亲宣传起"无神论"来了。那结果是给她大骂一场,并且还口口声声要脱离家庭,背了她的菩萨和鬼魂,到外乡化缘去!

我和老婆都害怕起来了。想想为了一元钱欲将六十三岁的老娘赶到外乡化缘去,那无论如何是罪孽的,而且不可能的事情。我们屈服了。并且从那时起,母亲就开始了一些异样的,使我们难于捉摸的行动。譬如有时夜晚通宵不睡,早晨不等天亮就爬起来,买点心吃必须亲自上街去……

我们谁都不敢干涉或阻拦她。我们想:她大概又在敬一个什么新奇的菩萨吧。一直到阴历的七月十四日,她突然跑出去大半天不回家来,我和老婆都着急了。

"该不是化缘去了吧!"我们分头到马路上去找寻时,老婆半开玩笑半焦心地说。

天幸,老婆的话没有猜中!在回家的马路上寻过一通之后,母亲已经先我们而回家了。并且还一个人抱着死去的父亲和姊姊的相片在那里放声大哭!在地上——是一大堆不知道从什么地方弄来的鱼肉,纸钱,香烛和长锭之类的东西。

"到哪里去了呢?妈妈!"我惶惑地,试探地说。

"你们哪里还有半点良心记着你们的姊姊和爹爹呢?……"母亲哭得更加伤心起来,跺着脚说:"放着我还没有死,你就将死去的祖宗、父亲都忘记得干干净净了!……明天就是七月半,你们什么都不准备,……我将一个多月的点心钱和零用钱都省下来……买来这一点点东西……我每天饿着半天肚子!……"

我们一句话都说不出,对于母亲的这样的举动,实在觉得气闷而且伤心！自己已经这样大的年纪了，还时时刻刻顾念着死去的鬼魂，甘心天天饿着肚子，省下钱来和鬼魂作交代！……同时，更悔恨自家和老婆都太大意，太不会体验老人家的心情了。竟让她这样的省钱，挨饿，一直延续了一个多月。

"不要哭了呢！妈妈！"我忧愁地，劝慰地说："下次如果再敬菩萨，你尽管找我要钱好了，我会给你老人家的！……现在，咏兰来——"我大声地转向我的老婆叫着："把鱼肉拿到晒台上去弄一弄，我来安置台子，相片和灵牌……"

老婆弯着腰，沉重地咳嗽着拿起鱼肉来，走了。母亲便也停止哭泣，开始和我弄起纸钱和长锭来。孩子们跳着，叫着，在台子下穿进穿出：

"妈妈弄鱼肉我们吃呢！妈妈弄鱼肉我们吃呢！"

"不是做娘的一定要强迫你们敬鬼，实在的……"母亲哽着喉咙，吞声地说："你爹爹和姊姊死得太苦了，你们简直都记不得！……我梦见他们都没有钱用，你爹爹叫化子似的……而你们——……"

"是的！"我困惑地，顺从地说："实在应该给他们一些钱用用呢！……"

记起了爹爹和姊姊的死去的情形来，我的心里的那些永远不能治疗的创痕，又在隐隐地作痛！照母亲梦中的述说，爹爹们是一直做鬼都还在闹穷，还在阎王的重层压迫之下过生活——啊，那将是一个如何的，令人不可想象的鬼世界啊！

老婆艰难地将菜肴烧好的时候，已经是午后三四时了。孩子们高兴地啃着老婆给他们的一些小小的肉骨头，被母亲拉到相片的面前机械地跪拜着：

"公公保佑你们呢！……"

然后，便理一理她自家的白头发，喃喃地跪到所有鬼魂面前祈祷起来。那意思是：保佑儿孙们康健吧！多赚一点钱吧！明年便好更多的烧一些长锭给你们享用！……

我和老婆都被一一地命令着跪倒了！就恰如做傀儡戏似的，老婆咳嗽着首先跳了起来，躲上晒台去了。我却还在父亲和姐姐的相片上凝视了好久好久！一种难堪的酸楚与悲痛，突然地涌上了我的心头！自己已经在外飘流八九年了，有些什么能对得住姐姐和爹爹呢？……不但没有更加努力地走着他们遗留给我的艰难的、血污的道路，反而卑怯地躲在家中将他们当鬼敬起来了！啊啊，我还将变成怎样的一种无长进的人呢？……

夜晚，母亲烧纸钱和长锭时对我说：

"再叩一个头吧！今夜你爹爹有了钱用了，他一定要报一个快乐的、欢喜的梦给你听的！"

可是，我什么好梦都没有做，瞪着一双眼睛直到天亮！脑子里，老是浮着爹爹那满是血污的严峻的脸相，并且还仿佛用了一根无形的、沉重的鞭子，着力地捶打我的懦怯的灵魂！

叶 紫

病中日记

(回忆·感想·日记·笔记·杂记)

一九三九年

二月一日　大雨

无论什么时候开始写日记,都不嫌迟。人,总是进步的。今天觉得昨天的不是,明天也许又会觉得今天的不对。这就是一本〔面〕很好的镜子——一部摄影机。它会详细地照出你自己的生命的旅程,永不漠〔磨〕灭。

人的心地,应该同雪一样的洁白,火一样的热情,日月一样的光明,正大。人的心地应该永无污浊。人应该没有隐私,而尤其不应该有阴谋。人应该做到终身无不可告人之事。

日记原是记个人之私事,原是与给自己一个人看的,这就是永远留着自己的痕迹,给自己看。今天看昨天的我是否洁白、光明。明天又可以看今天的我。假如自己的心地有了污浊,一留上去,便永远不可洗刷了。

无论什么东西,都应该记在日记里,即算是污浊吧,如果有了,就应该记上去,使自己永远抱愧,永远红脸,而有所警惕,永不再染,再犯。

如果有什么东西——就是说隐私之类——自己惧怕写在日记本里，或竟隐瞒起来，甚至于毫不抱愧，那么，这个人将永无救药。

人不能够没有"过失"。我不相信圣人没有过失的鬼话，因为我根本不相信有圣人。但人万不可有污点。"过失"可以改，"过失"不能算作罪恶，污点不但是正式的罪恶，而且永远不能够洗刷的。

明知故犯的是罪恶，是污点。不知而偶犯的，才是过失。

日记不是写给人家看的，所以不应该给人家看。假如人家偷看了你的日记，而你并不难过，无所抱愧，那才算是一个真正洁白的人。

我的日记又是读书笔记，现时杂记，未来感想，过去回忆。所以，我总称之为"材料库"也就是随时随刻的写作的泉源。

奇怪，我坚决地相信高尔基、契诃夫的心地没有隐私，我相信鲁迅和罗曼·罗兰的一生决无不可告人之事。但我不相信托尔斯泰这老头儿的心地，表现在作品里的是太伟大了，但他在晚年还怀疑他的姨太太爱上了高尔基，并且为此而痛苦，这真是奇怪而好笑的事。

……

在身体的健康未恢复以前，我应当严厉的限制自己，每天记载不得超过三页。不得用脑过度。

日记本应该天天记载的，但我反对机械的，每天有事无事，必定像记流水账似的写上几笔，如"天气哈哈……"之类，那完（全）失掉了日记的本意。我主张天天记，但假如无事可记，或其它的事忙，或病，或任何什么原因，只要不是懒，都可停记。三天五天，甚至一二月都可以。

不要为没有记日记，像负了债似的苦恼自己。高兴的时候，快乐的时候，有所记的时候马上记。不高兴的时〔候〕，决不勉强自己。

昨天一个什么人在这里说，日本人已经有一小部分，渡过了洞庭湖，不知道到底怎样。决定上街去一趟，而天不晴，真不知如何是好。

立正！行礼！今天这里停止，不许再写了。

二月二日

昨夜刮了一夜大风，天仍不晴。阴晴得很，又冷。如果不下雪，明天也许会晴吧。

要记的事情不知道有多少。特别是过去几个月中的所见所闻。思想像鳗鱼一样溜滑，很难捉得住。不要性急吧。慢慢来记就是了，一件一件，从从容容来记。要不是怕用脑过度，神经衰弱，一天写三五十页都有材料写，而且永远写不完。

去芜存菁，不是必要的事，和脑子可以装得下而不致于忘记的事，应该不记，缓记。

先写出这几个小说的腹稿的题目来吧，免得放在脑子里挤得发痛，以后再去追忆内容事实的概要好了。（一）《邂逅》。（二）《十四个和一个》。（三）《自卫团》。（四）《寿》。（五）《第六次入营》。（六）《盐》……还有很多很多，一时记不起了。以后记得一个写一个吧！不过以后记起来的，应该接着上面的数目字，从第七起，每一年中，看我有多少短篇材料可写。

大长篇的材料，过去的都被毁掉了，以后我应当慢慢地，像修行似的，一个一个字地将它修筑起来，但那东西太长太长了，决不宜放在日记本里，我应当另外再订两三本这样的本子，专作大长篇的材料库。这件事我必须赶快做，最迟在废历一月底以前，将三本材料库装好，一天一天来堆材料进去。

必须再买一张报纸，订一本顶小的，放在袋子里，以便外出应用，当速记用，只记纲要。

无论大风大雨，每天必命咏兰出去奔走生活，心中痛苦万状。今天如此冷，一早爬起来，连茶都没有喝一口，就命她走，更觉心痛。她自己心里一定会觉得更痛苦吧，当她一个人走在路上的时候。

寂寞可以增加人的痛苦。因此每当独坐或一个人单身走路的时候，一有什么苦恼，或不如意的事，就会觉得更加苦痛得厉害，而不得开交。所以人在苦恼的时候，常常要得人安慰。人与人之间的关系，必须在寂寞时，在苦恼时，在互相安慰时，才现得亲密。一个作家在作品里所表现得最能引起读者的同情和共鸣的，也就是这些场面。痛苦、悲哀、孤独、寂寞的场面。例如高尔基的《马加尔楚达》、《因了单调的原故》、《不能死的人》，托斯朵夫斯基的《诚实的贼》，唆罗诃夫的《父亲》……等等。

不知道是什么人说的，人出母胎的开口第一声就是叫"苦哇！苦哇！……"其实，这是硬栽的。小孩子的哭声，虽未必是叫苦，但是一出世在这不合理的社会里，总却必须历尽千辛万苦，却是真的。因此，只要一说到生存的痛苦，悲哀，孤独，寂寞之类，就有人共鸣和同情。这就是每个人自身都有痛苦和悲哀的原故。那么，人类为什么不向不痛苦悲哀的社会走呢？

上面这几句话，又说到不可收拾的大题目上去了，何必呢？因为咏兰外出，竟扯上这样一大段，实在没有必要，而且也不是扯这样大题目的时候，带住吧。

在腐败的社会里，旧的丑恶的社会里，常常有许多畸形的怪异的现象。叫人家看去，这整个的社会，像遍身长满了恶疮似的。尤其是现在这大战中，在农村破产到不能收拾的时候，举一个例子，就拿第四个小说题目《寿》字来说吧。现在正风行一时呢。

大家都没有法子弄到钱，于是妙想天开，请客打把势，打秋风。有的收媳妇做喜酒，有的生孩子请客，有的做寿，风起云涌，各显神通，忙坏了酒席馆子。有点小声望的，拿声望卖钱，有小势力的，如乡长，便拚命地来剥削保长甲长和街坊小百姓。毫无声望的小"白相人"便互相来剥削，，大者可落得三百两百元，少者除酒饭外，有落得三五十元的，有十余元的，甚至有三五元的。真是光怪陆离，令人哭笑不得。他们不知道哪里学来的这样抓别人弱点的手段。乡下人什么事都不愿出钱，饿肚子都可以，但"人情"却人人愿出，所谓关门躲账户，设法做人情。又所谓打肿脸称胖子是也。这是乡下人的唯一弱点，给人家抓住了，而并不愿意摆脱，真奇怪，无论谁一见面了，互相叹息的头一句就是:"人情搁不住啊!"

其实,话又说回来。做这样事的人,并非大富有者,也非精穷人,真正的规矩农民也无人干此(今年农民干的很多,是因为战时经济太枯竭了的原故),大多为无聊小绅士、地痞、流氓、鱼肉乡民的乡长。也有正直人出于万不得已的。真正有钱的,遇了寿期,倒反躲起来,怕来客人,送水礼,亏老本也。

今天咏兰去吃寿酒去了,我这样精穷,而且大病的人,尚且有人来发帖照顾我,也真令我哭笑不得。他们也明知我们没有钱,又怕我不去,不惜一再嘱咐我,不要我的礼金,只要去吃,就看得起他了,于是我不得不去吃,而且也不能真不拿钱。呜呼!

今天这位做寿的是写七十贱庚,据说他前年已经做过一次七十岁了,并且明后年也许又会做八十岁吧!此老又不务正,心中好笑,一个人又无聊极了,因此在他的请帖背面批示:

帖悉。查该老既爱嫖又嗜赌,天开妙想,宴把势三两番;穷极无聊,庆古稀之重度。事已再次,应不准行,情念初遭(注一),着来未入(注二)。原帖发还,仰即知照,此批。

(注一)情者,人情也。我和他尚系初次也。

(注二)未入者,记账吃酒也。

今天又超过了三页之数,该打!下次万万不可!人而无信,不知其可也。

县中陈兄来,说了许多话,又写这许多,真不该!万一身体不爽,岂不得不偿失吗?头已带点昏了,快停止。

二月三日

昨夜大月光,今天天气虽然开朗了一些,但仍旧没有出太阳,也许再过一两点钟会出来吧。总之无论如何,我决定明天上街去。

昨天嘲笑那位重庆古稀的老者，还做了一首对子，和久龄两人均大笑不止，对子仿张之洞挽杨性农的调子做的，如下：

素嗜赌嫖成二绝，兹二绝，足千秋，况岁月悠长，人类实不堪其扰。

重宴古稀仅隔年，再隔年，便八秩，何时日短缩，阎王竟忘记勾魂。

人应该用全力攻击社会的丑恶，毫不容情地将社会的一切腐烂罪恶统统暴露出来。哪怕一毛一角一点点。但人却万不可攻击人家的阴私，揭破人家的阴私，而尤其是暴露人家的阴私。假如这个人的阴私和丑恶，应该被攻击和揭破，而有益于广大人类的话，那充其量也只能归咎于丑恶的社会制度。有这样丑恶的社会制度，才有这样丑恶的人生。

一句话，——人不应该有人身的攻击。退一万步讲，即使某个人有不可饶恕的大罪，也只能够用光明正大的方法去制裁他，如诉诸法律，提到会议中公判之类。而攻击个人的私德之人，其心应该是比被攻击的人还要卑劣的，污浊的。

譬如上面所写的这个做寿的老者吧，我绝不是攻击个人，所以我绝不写上他的名姓。这样的人，我相信旧的社会上多得很。因为多得很，所以才是整个旧社会的普遍的丑恶，所以才值得记上去，值得暴露和攻击——说句笑话其实是正经话，值得写小说卖钱，公开给大家看。

"人之初，性本善"，高尔基之所以伟大，一切伟大的作家之所以伟大，就是在他们能够将人类一切罪恶都归咎到社会制度。他们能用伟大的爱去爱一切人类，无分阶级卑贱。而尤其是为人所不耻的下贱卑微的人物，如扒手、妓女、贼……之流。反之，对于有高等教育的上流人物，却是毫无怜爱的攻击他们的罪恶，归咎他们的本身，打击他，制裁他，甚至驱逐之，杀之，亦在所不惜。因为他们是明知故犯的一切罪恶的巨魁渊薮。

好了，好了，又扯远了。带住！

我应当用一天的功夫，来检点自己过去的许多缺点，平心静气的来纠正已往的过失，像韩愈作《五箴》似的，一一记下来，作自己的座右铭，使自己永不再犯那些过失和缺点。

应当慢慢开始来写《鲁迅先生的回忆》，一个一个小段片记起来，将来抄集拢来，便是一篇文章，既不费力伤脑，又完了一段几年来的大心事，一举两便。慢慢记、一天一天，脑子清醒，毫无烦恼的时候记。每段尾上都记上（《鲁迅先生回忆》）字样，以便将来抄。

第七个小说题目是《兄弟》。富有时的兄弟，穷极时的兄弟，大难时的兄弟，逃难时的兄弟，病时的兄弟，分家时的兄弟，分后的兄弟，兄弟死的时候，兄弟受外侮的时候，包括妯娌、子侄，……但不要为潘菲洛夫的《旧的现实》所套住，应该有新的发现。《兄弟》，也可以参入大长篇中。

一早爬起来，便写满了三页。

人不要妄自菲薄自己，人应该尊重自己，但也不要把自己看做神圣得了不得的人。世界是没有超人，没有神圣，一切都是平凡的。如果说世界上不平凡的，那么好，一切也都是不凡的了。二加二等于四，没有什么希奇。

但，我承认事实，人类本性虽无善恶，脑神经的组织，却有智愚之分。这是先天的，生理的。

停止！停止！脑筋不允许再用，午睡吧。

上面说过，日记不是写给别人看的，那么，所记载的东西，只要自己看得懂就是了，何必把道理往返几次，说得那样生怕看不懂似的，麻麻烦烦做什么呢？这毛病，应赶快纠正。浪费时间、纸笔、脑力。

不许在床上记写，有伤眼力，又怕着凉，立改。

糟糕，晚上又下雨，但无论如何，明天一定上街去。

关于旧道德与新道德观，关于中国人与外国人的年龄观，今天想到了，但我不许我自己写了，明天，或者以后去写吧。脑子里的东西装得太多了，常常挤得发痛。

二月四日

昨晚睡到半晚，出了月亮，今天居然大晴了，现在我睡在上街去的船上了，太阳晒在我的身上，空气是这样清新，实在太令人兴奋了。

阿久和伯容说，这是我的运气转好的先兆，我自己也只这样高兴的承认。因为昨夜还下了雨的。

今天说话太多，应该注意少说，甚至不说。

十二年不到这伤心地方来了，心中刺激得太利〔厉〕害，人又疲劳极了，决定沉默三天，再记吧！

二月七日　晴（十二月二十日）

除了父亲和姐姐的血债和坟坟之不安以外，我别无痛心之事。我觉得最安心的是我的母亲的安息，件件如了她老人家的意。只要再立上一块好碑，便尽了我做儿子的任务。以后无论什么时候到上海去，都可以去奠祭她老人家。只有父亲和姐姐，不但血债未能讨还，坟坟不安，就连记念他老人家的伟大作品，亦未能动笔。

上街去，恰巧住在徐家宗祠，这十二年前他老人家被难的地方，一看见，我的心裂了！我不能用理智来抑制感情。我沉默了，但我没有哭。我不能哭，我不愿意哭，而且事实上哭不出来。我十二年来已经没有眼泪了。白天不能吃饭，晚上不能安睡。只有两天，我的身体完全支持不住了。不得不于前日（五日）动身回来。

我究竟不是伟大的政治家，我的感情遇到了这样的事件还不能抑制。但我也还不是懦弱的文学家，除了悲哀、沉默、愤怒之外，决没有伤感，没有表示丝毫的懦弱态度。我还能使自己不"歇斯迭里"。

我想，即算是伟大的政治家，到了这样的场合，也决不能无动于衷吧！人——总是人，决不是铁石。世界上决没有"超人"。

回来了，应该先努力使自己回复平静，恢复最低限度的健康。慢慢来开始工作吧！

我的病并没有好。一切的肺病现象都还存在。自己应该时刻注意啊！

安静！安静！第一要使自己的心安静！

今天止于此，决不许再动笔了，等明天或后天，心的平静恢复了再动笔吧。

二月十一日（十二月二十四日）

落了几天春雨了。今天还是雨。

大病了。头痛，发热，咳嗽，吐痰，喉痛，四肢疼痛，胸紧，胸痛，胃痛，心怔忡，口苦。一切病象，应有尽有。好在还能吃一点饭。

今天略好一点。便记起了应写许多信，应做许多事，但自己还应该限制自〔己〕，一切从缓。

吃了自己拟的方子，加味枳桔汤，外感已除，但内伤加重，中国药真难吃。不宜吃，今天开始服六位〔味〕地黄丸，但仍不宜多吃。

第八个小说题目《寄兵》，第九个小说题目《病》。不是自己病，一般乡下人生病。

今天过小年，据说这几天兰溪挤人不通。乡下人一年千辛万苦，只有过年能勉强自己忘记几天生存的痛苦。假如综合各种型的农民来写一篇过年的小说，我想一定很有味的。那么，我就定第十篇小说题目为《过年》吧。

二月十二日

天仍未晴。细雨。

病颇重。夜间咳嗽，发热，盗汗不止。早晨吐痰很多。心跳得欲出来。春天来了，病势如此，恐夏天更利（厉）害，但首先应该达观，生活要有规律。死生听之可也。人不死于肺病，也一定要死于其它的病，何必怕呢？其实，我相信病尚有救药。第一要安静，第二要安静，第三要安静，万不可躁。

久龄说："处境无分顺逆，在于人的看法。"小酒井石木说："肺病应安于自己的环境。"是至理名言。

口里如此说，如此相信，心里又不大相信，这是病根，非根本铲除不可。

今天究竟比昨天好一点——胃和精神。人应该这样想。肺病人应该有阿Q精神。停止，午睡去。

三月十一日（正月二十一日）

天阴。无雨，亦无太阳。

一个月没有记日记了。这一个月中，大病几乎死去。终于硬挺好了。腹中发现一硬块，坚如铁石，不动不痛，也不知何时起的。

这一个月落了一个月雨，连前共落雨五十天之久。过了一个年。

这一个月中，治小儿麻疹发斑，凡十人。危急万状而救治者，计三人。不治而死者，仅一人。医者有罪，而罪不在医，心中无愧于天地也。

这正月中，收天翼寄来一信，并洋拾陆元，收小李三元。其他押岁钱约三数元。

二月二十二日，天翼在《观察日报》的《观察台》上发表一封我给他的信，替我募捐，即此十六元之来历也。计椪屠五元，老天自己五元，杨润湘，国荣，敖银民，各二元也。午睡去。

（此信贴在后面，三月二十四日上。）

三月十二日（正月二十二）

天又雨。落了将近两个月的雨了。

三月三号，（正月十三），即母亲逝世两周年纪念，那天，和咏兰大闹一夜，后夫妻均开诚布公，作了一次和睦的而又可怕的长期谈判。一下子化除了八年来夫妻中的隔膜、不满、怨苦、嫌恶、甚至仇恨。

夫妻中的精神生活，有了大大的转变。订立了夫妻和睦合同八条又八款。并同意了根本改变家庭日常生活。铲除一切混乱。无秩序，腐败，不整洁不规律的家庭生活坏习惯。改变两人的坏脾气，坏态度。……等等。

这当然是我得病的根源。现在这病根总算是拔除了。但如何才能保障以后的生活上轨道，旧病不再发，却要靠夫妻双方的决心，我的决心已下定了。前途的光明生活，已有了百分之八十的把握。现在问题的第一步是必须赶快搬家。不搬家，一切光明生活都无从谈起也。因为这里件件不行。空气坏，房间小，不能做事，居的人多，应酬多，更谈不到清洁整理也。但搬家却又有困难。第一是没有适当的房子，第二是钱。

汤迪荣、华兄弟今天接我陪新客吃饭，预备精神谈话，午睡去吧。

咏兰昨天上街去，回来受凉，今天病了。

慢慢来开始各种工作，严厉限制自己，不要又把身体弄坏了。

三月十三日

天仍雨，大概是永远不会晴了。随他去吧。

昨晚疏于防备，又遗精，身体更加不如了。

三月二十四日（二月初四）

谢谢上帝，现在我有了住的自由了。昨天搬家，从不要屋压钱的，亲戚的，不自由的，虚伪的环境搬了出来，搬到这个小屋子里，自由自在，完全解除了大半年来，两处住的，不自由的精神痛苦。我是多么欢喜啊！

这个地方是这样的小得可爱，环境是这样的好。虽只有两间小屋子，但没有任何限制和顾虑。上庄四元每年纳九元钱。房东是个驾船的吝啬的孤老头儿。他不管我，我也不应酬他，多好啊！

没有不如意的讨厌的邻居，单独一个屋子。

风景是这样的优美：前面便是小河的古渡头。兰溪像镜子里的画面似的，横摆在我的面前。枫林桥，三叉小河口。往来的船只，对岸的一色青的树木，无涯的天际。红的、白的，一片片，一条条，一块块的云彩。早晨晚上的太阳。夜间的呼渡声。往来过渡的人物。在面前，又有一块广大的草坪，孩子们的游戏场。……多好啊！我现在不能描写他了，我没有时间，以后再说吧。

刮一整天大风，真大真大，真冷。

想起搬家，来了六七个可爱的农民替我帮忙。他们都因为我治好了他们的儿女的麻疹，又不收他们的礼物，而感激，而特地来帮助我的。快快乐乐，不到半天功夫，通通弄好了。我花了二元多钱，弄了一餐酒食他们吃。他们都高兴得了不得！

汤咏梅，咏生，木生，冬生，安生，迪华，隆山，惠球，述文，小满姑娘。结果，咏梅，迪华，隆山，都酒醉得人事不知而去。

做一首门联，久龄，志贤舅父都说好。其实也没有什么。上联带点过去住的痛苦的牢骚：

住虽只三尺地，且喜安心，小堂屋中，任我横行直闯。

睡足了五更天，若嫌无事，大堤坡上，看他高去低来。（《倒车集》）

以一天的功夫，来追记我几个月中所做的旧诗，旧对子。这些东西，虽说无聊消遣，也可娱乐性情，调剂生活。（但无疑是开倒车的东西。）

以几天的功夫来追记治麻经过。著一本《治麻经验谈》，通俗的写出理由和医案。限一万字。等有功夫再记。

续咸又寄来十元，此兄待朋友真是太好了。对我的帮助真是太大了。而且每次（过去）寄款，都在我最困难的时候收到的。此款正月二十五日即三月十五号收到的。

天翼又转来二十三元五角捐款。三月十八日收到的。计邓克生十元，邝达芳一元五，罗朝舟十元，雨欣一元，刘迭克一元，其中五角是邮票。天翼叫我每人回一封信。我决定在三天内通通回信去。

三天之内（二十七号以前）回完所有的信。

二十一号又收到观察台转来四个女孩子寄来一元五角。又几位于农村工作的同乡生朋友四元。均不知姓名。生朋友并附和一诗。有趣得很。

同乡生朋友的和诗如下：

为家为国血方热。缺米愁柴志未灰，
我亦送穷文欲作，天寒聊寄一枝梅。

意义双关，十分有趣。可惜无通讯处。诗不知出何人手笔，慢慢写信给天翼去调查吧。

明天一定写一信给天翼，催报纸。并告诉他又收到这五元五角。（其实只四元七角五分，都是邮票，不知何人经手寄的。）

以后每天收信发信，应该记在日记上，有查考之据。

有一个时期，我埋怨自己，不该把日记写得反复详细，像给人家看的东西一样。（二月四日日记上这样说过。）其实是应该那样的。不过不要说废话。因为我的日记又是"感想"、"回忆"、"杂记"、"笔记"，为什么不应反复详细说道理呢？对的！对的！

四月一日起，一定开始作那巨大的长篇工作——《太阳从西边出来》。搜集，整理和追述材料。

四月一日起，开始铁的新生活规律。

四月一日以前，将家务整理好，房间布置好。添补家具，抄好合同文，订好详细生活规律条款，计划孩子教育问题。预防生活危机（节省开支），预备逃难。

四月一日以前。咏兰必须上街一次。有许多事。

今天二十四夜了，还有七天，做好一切的零事。生活上轨道吧。

写多了，明天起，可能的天天记。每日至多半小时。

今天记了三四小时。不对的。

风越刮越大,今夜当心受凉,……。

订一本小本子,记要做而未做的事。明天订好。以后未做的杂事不记在日记本上了。日记只记已做的事。

这一页都是无记的必要的,备忘录上的材料。今后这些东西再不上日记了。做过了再记。

三月二十五日（二月初五）

风息了,又下雨。二十三日那样热,昨天那样大的风,今天这样冷。可谓三绝。

今天决（定）了订两本小本子,一给自己做"备忘录",记欲作而未作的事。一给咏兰,记欲作之事,欲买的东西。

、这个屋子虽样样好,样样如意,只是怕涨大水。有些人说,今年会天干,我的运气好,也许大水不来,但愿如此吧!……

三月二十六日

昨日下午晴了一会,可是今天又刮风。这屋子稀烂的,冷得不可开交。非赶快补屋不可。

昨天太劳顿了。早晨是补伞,饭后装小备忘录本。坤生来,又要替他写信定教员的介绍信。绍雕的老毛病还是不改,总在我午睡的时候来。绍雕走后,已经一点钟了。刚睡下去,咏兰落水而回。掉在河中间,几乎没顶。幸喜遇救了,要不然怎么得了啊!……事后想一想,真是令人不寒而栗,越想越怕。……可怕啊!

精神大受刺激,家中来一屋子慰问的人,自己翻来覆去睡不着。过一会,枝春少春二位叔父来。谈了一小时话。又要我将旧诗词抄给老名士张玉堂去看,心中颇不想写。然为了替他们族人装门面起见（可怜）不得已而写之。一口气写了八页之多。他们刚刚走。久龄又要去长沙。托他带一信去发航空快给望弟。又写了四页。手都痛了。右胸受了伤寒。

发望弟航快信一封。计费邮票六角正。三月二十五日由湘潭发——久龄手。

以后发信和邮票的账,都记在此本上,便于查考些。

以上都是昨天二十五日的事。补记。

今天早晨风大,中午晴和,傍晚阴凉。

没有如意地做完自己所欲做的事。咏兰昨天落水,今天满面病容,我担心她要大病了。

自己限制自己,按照拟定的起居工作时间表做了第一步。颇有效,人也不大吃亏。因家中一切生活均未上轨道。尚不能全部按表实行,但无论如何不能超过四月一号之限。

今天因限制自己,少做许多事。要紧信一封都没写。天翼又来信,附在力报社欧阳敏纳,罗滨苏两人合寄的挂号信内。欧、罗并寄来十元钱。预先约我写文章。这好像是定钱了,我的心中觉得增加一个负担似的。病还没有好,决受不了文字债的逼。以后——明天回信时要声明一声,我现在决没有收定钱的资格,因不能限期交货也。

明天早起正式回信,不打杂了。

写好一邮片给二叔。明天一定发去。告诉他病好一点,要他来。告诉他照望来信的事。收到小宝来信一封,明天决定回信。回信的事恐怕要到后天才能回完。

午睡后,韵阶表兄来。大约是昨天在玉堂三爹那里看了诗和对联来的。态度颇现仰慕之意。谈约四十分钟,欢畅而去。早起做一渡夫诗,也托他带去给三爹看去了。诗云:

经年风雪鬓毛灰,放荡江湖一酒杯,
苦煞夜寒更漏永,隔河人把渡船催。(《倒车集》)

      (唤)   (来)

这首诗还有推敲之必要。

多做旧东西,自己精神虽有调养,但太误时间了。我还是要少做。伟大的工作在等着我啊!

明天写信给天翼时一定告诉他,我大开倒车做旧诗对,成绩已有可观,将来如果积成一册,即定名为《倒车集》可也。

家中还是一团糟,咏兰又不好,又不肯吃药!我真担心四月一日以前生活不能上轨道。奈何!

咏兰说:她要不是为了我的前途伟大,她真是高兴她的糊涂随便的小姐生活,并愿以此终老。表白虽十分坦白,但多危险啦!她自己并不想做个伟大的女性,她情愿糊涂终老……她完全是为了我的前程,一点不为她自己。我的天啊!……"为了我"……这三个字真是太危险了。我怕!……但愿爱情胜过一切!慢慢地来引导她上轨道吧。她如果不成功一个伟大女性、那完全是我的错过,我的责任。我应当如何努力的教育她,说服她啊!……她自己一点努力前进的心都没有?"为了我"。但我一定欲使她进步到"为我,为孩子,也为她自己"。

记多了,停止吧!

《倒车集》一定另用一本本子收集起来。

听见许多人说,刘少山(房东)很讨厌,十个有九个邻居是相骂打架出去的。但我不怕他。我今天和秋爹说,我遇事依理而行,钱可吃亏,只要舒服。只要他不是疯子,我决不怕他。但也要小心一点。我相信他不会不讲理。钱上又给他占便宜,小见识人,当然高兴了。

四月十日(二月二十一日)

天雨,无风。

企霞去已经足足十天了。这十天中,我的心情没有片刻安定。他的来,给了我精神上这样大的激动,是不无原因的啊!

他还没有来信,这又使我和咏兰不放心。他的旅途该平安吧。到长沙后又怎样呢?是不是能顺利的去了江西呢?株萍路是否还畅通呢?南昌失守后,那边到吉安去的路道又怎样呢?这里,连公路都彻底破坏了,那离前方便近的地方,当然更有"行路难"之感吧!

他为什么不给我们一封信呢?是病了?是烦恼?是发了信还在路上没有到?……心中总放不下啊!

他还没有改变他在上海时的神情和态度,他还是一样的神经质啊!

他对什么都了解,他对什么都不满,他对什么都失望,甚至于绝望。他抽烟抽得那样厉害!喝酒喝得那样凶狠,他是那样的神经兴奋啊!但他又不是毫无理智的。他的头脑非常清醒,他对任何工作的能力都很大!他的社会科学的根底比我好得多,最近又遍游全国,在华北的游击战中增加了那样多的宝贵的人生经验。他明知道中国是有希望的,人类是有幸福的!但他却肯定说"幸福不是我的!"他只有"苦恼"。

他是太欢喜朵思退益夫斯基和安特列夫了。他受这两个怪物的影响真不小啊!——这两个被俄罗斯青年所认为"恐怖"的,而现在被苏联青年所冷淡的作家,的确是太伟大了。伟大得使人不敢读他们的作品,怕读他们的作品——他们对人类的内心的解剖是那样的深刻而无情啊……

我真担心企霞会自杀!假如他再要多看这两人的作品,他现在是这样悲观得可怕!绝望得可怕!时刻拿紧张的工作,体力的劳顿,和感情的刺激,酒的沉溺来麻醉他自己。他的身体已现出病态的征候了!他夜晚咳嗽得那样厉害。他的工作又给与那样多说不出来的,不可告诉任何人的痛苦,他是很有自杀的可能的啊!……我真担心,真担心呢!——我这一个唯一的朋友!……

他现在没有爱人,年青人呀!也许是为了这个原故吧!但愿是这样!因为只有这是最难,也就是最容易解决的问题。

不只是我们自己,无论谁——比如过去在上海无数的前期的朋友——都感到了我们夫妻间的关系的痛苦,都感到了我们过去家庭生活的马虎、黑暗、混乱,……和一切的不合理。因此,很多朋友都对〔我们〕表示失望。除了了解我们最清楚的几位以外,其余的大都和我们疏远了,甚至厌恶了我们。

多危险啊！这阻碍人进步的痛苦的无规律的私生活！……

但是，也有很多朋友是太肤浅了，太机械了。他们只看到我过去表面上无办法的假装的糊涂，他没有看出来我过去的内心的痛苦，——也就是我得肺病的根源——更没有看出来我是负担着像山一样重的精神上的担子，因而汗流喘气，因而进步得那样慢。他们不知道我不能解脱那精神上的重担的原因是因为最先的过错在我——其实也不在我。——我无法解脱主要的是婆媳间的时代相差了半世纪。而那个时候的我的确还有着不少的缺点，年龄上也还有大关系。总之，这痛苦的过去，是我永远不能够忘记的啊！

然而，现在，我好了……

了解我的，关心我的朋友，都替我们担心，都挂念着我们。企霞这次的来，多半就念的来要看看我们的生活是不是有了改变和进步！这，他最初是失望，他不知道我们因搬家后生活还没有上轨道。但后来他高兴了，放心而快乐了。他看了我们的合同！他和我们开诚布公的说出他的意见来了。他走的时候是那样安心啊！只是……他还担心着我的健康呢！……

天雨总不停，咏兰同孩子们今天到沙头炳舅家吃喜酒去了，天冷啊，孩子们该不会着凉吧！他们要三四天才能回呢。

四月十一日（二月二十二日）

很多前进的朋友——尤其是所谓作家们——对于夫妇的观念，大抵是这样的：前进的人应该配前进的妻子，作家应配作家的妻子。这在未婚的男子，或妻子死了，离婚了的男子，是应该的。但我们的朋友大多数是有妻子的人，不但有妻子，而且妻子非常贤明，也是知识分子，只是略带旧式一点，他们便无条件的抛弃了，连孩子们，甚至连父母。并不经过法律上的离婚手续，甚至通也不通知对方，就秘密地和另一个同居起来了。

这种事情，我们亲眼看见不下十余起之多。

抛开一切迂腐的"道德"和"良心"问题不谈。但事实：这样的前进夫妇的关系是痛苦的，而这痛苦将永远无法解脱。

夫妇的关系，完全是有条件的，双方在"人格"和"道德"上，在真挚的感情上，都不能有缺点。一有了缺点，给对方抓到了，便现出了裂痕，成为了一面倒的形势。许多前进朋友的痛苦就在这里。他们的对待前一个妻子和儿女的"不道德"举动的弱点，给后一个抓到了，他们就不能不对后一个低头。成为后一个的俘虏。而后一个的所有的缺点——只要不超过他自己的"不道德"——他都无法纠正，而不得不奉迎，追随，附和……于是乎痛苦不堪，于是乎丑态百出……

一个火车头拖一个或几个车厢，前进起来是要吃力一点，远不如单一个火车头。一个火车头再加一个火车头，前进起来，一拖一送，当然快得多，但危险也大得多。一个火车头虽拖了厢子，前进后退，只要不越轨，厢子决不会和他反对，除跟着他走以外，也绝不会自动开倒车。但两个火车头，走起来，第一要双方力量均匀，第二要双方不越轨，第三要向一个共同目标前进。这样，那双方的感情的联系点，——那车头和车头接榫处（我不知道那东西叫什么名字，以后去问铁路上的朋友吧。）——才不致裂断。否则，那危险之大而惨将超过一切车头拖车厢之比例。

一个车头拖一个车厢或数个车厢（加父母加孩子们）只要车厢没有老腐得起锈，只要车厢里没有装满载不动的污浊的东西，只要不是走的大上坡轨道（比如大逆境），我相信那火车头是一定能拖着进步得胜任愉快的。即使锈了一点，只要自己肯用油去擦几次，也可以走得动的。如果是好的，有油的，活泼的车厢子，那进步起来，简直不要车头费力啊！而且永远不会和车头背道而驰的。

我过去之所以走得那〔样〕慢，一者因为自己车头有了毛病，力也小；二者车厢子也老的老了，锈的上了锈，并且都装满了能够阻碍前进的，杂七杂八的破铜烂铁的东西，以致我拖不动。喘气，流汗，痛苦……但究竟还比那两个不同心合意的车头好一点，我们虽然进得慢而吃力,但总还没有开过倒车啊!人格上还没有污点!

然而,现在,我好了,老的一节车厢已经归了天(祝她老人家的灵魂安适!)锈了的也慢慢擦光了,加了油。车厢内的污浊的存货,也逐渐地出清了。小车厢也都能活泼地跟着走了。轨道铺得平平的,直向光明之路前进着!……

我不是蠢子和傻子,假如咏兰没有她的伟大处,假如她的缺点超过了我们的感情,超过了她的优点,在过去我跟本就不会那样吃力地去拖她!也根本不会再拖到现在!同样的,假如我的缺点超过夫妇之间的感情,超过我的优点,她也会一样地鄙弃我啊!……

这使我想起了起应、张伊人、奚如……

维持车厢和车头的关系的力量,完全在"接榫"处,也就是说在"感情"。而感情是那样有条件的(如上述)。"接榫"处一脱落,除非大家都不动,一动,车头和厢子便立刻分了家。背道而驰的两个车头,当然更不待论也。

如果是又锈,又坏、又装满了污浊的厢子,或车头有了大而不能修正的毛病,当时还是折〔拆〕开的好,但一定要正式的,公开的,双方都无痛苦的。否则,我反对。(不是无痛苦,是指折〔拆〕开比不折〔拆〕开的痛苦少些而论。)说了多少废话啊!

企霞和久龄说,我有些(不少)病态的心理,他担心,这我自己也感觉到。从日记里也可以看到。但,我相信以后我会好起来的。

天雨无休止。阴而冷,淅淅滴滴,咏兰和孩子们真不走气运呢!她们该不会着凉吧!

四月十二日(二月廿三日)

天晴了。

昨天糊纸上壁,太劳顿了,夜不安宁,梦扰纷纭,今天的壁,决定让玉儿去糊吧。

"己不正焉能正人",这是中国的古道德话,却有深奥的哲理哩!

即使是自己的妻子，儿女，如果你要想教育她们，纠正她们的缺点和过失，首先就要自己毫无缺点，就要自己在各方面作她们的榜样，她们才不致于"反攻"，才可以虚心接受而改正。

半月天前，我严格地叫咏兰"不许再打牌"，她不能不接受的原因，不是因为我近来毫无缺点给她抓到吗？不是因为我的进步和工作感动了她吗！当然，这也就是我拖她前进的初步的成功。

想起许多"旧道德"和"假道学"所笼照〔罩〕下的大家庭的丑恶，真是怪极了！远者，不能记忆的多得很，近者，如咏兰的谨大伯家中的把戏……这都是多好的小说材料啊！

这一带的知识分子，除了赋有城市知识分〔子〕中的全部丑恶之外，还都带有百分之百的农民习气。（也就是说农民性格）假如用数学方法表例〔列〕出来，可以得到如下的公式：

（多）

（次）

（少）

大城市的知识分子＝市侩气＋才子气＋流氓气。

小城镇的知识分子＝农民气＋冬烘气＋市侩气。

上表应倒过一下，城市知识分子流氓气多于才子气。下表无疵可议也。

知识分子说谎的本领比任何种人都利〔厉〕害，比任何种人都说得丑恶。比如最说谎的要算是农民了，但农民的说谎，多半是因为他们眼光和见识浅近，或由于习惯。而知识〔分子〕却明知说谎要不得，是罪恶，而他偏偏要说！并且拚命地说，说了还要设法掩饰。甚至立刻说，立刻又不承认。

四月十三日（二月廿四日）

天又风又雨。真讨厌。

早晨二叔来，送我蛋糕一斤，随即去沅江。向之解释我之生活情况，并告诉他老人家，关于咏兰之美德和优点，老人家满意欢畅而去。搭五角钱给婶婶用。

午睡过半，姐姐送小文来。起来教了她五六十个生字。不知道什么原因，我们姐弟情性总不大相同，谈话大有格格不入之势。

带来斤多肉，吃了早晚饭即去。小文向久龄学袜子事成功。双方都欢喜。

改郁达夫联，拟自悬室中云：

养病只求心气爽，
著书都为稻粱谋。（《倒车集》）

四月十四日

雨，雨，讨厌的雨啊！

今天不知道怎样的，忽然由企霞的神经质而想到阿尔志巴绥夫身上去了。那个安那其主义作家的可怜的命运啊……

企霞是受的谁的影响呢！这孩子……过去，他曾说过他爱巴金的"热情"，但即刻又批评巴金是"感情"的俘虏，而他自己现在又是这样的。

这在我，是一个不可解的"迷"啊！剪下他送给我的日记本上残留的一页日记和一首诗来吧。这是很可作我将来参考的材料的。

> 但愿忘记得更快些吧，重庆成都一总四个月的，被强迫着空闲（？）的生活！我的那些恶劣情绪正在这样的时间内宣告他们的胜利：那些不可告人的浪费与堕落呀，那最可怕的，是那些被迫空闲中的琐碎情绪的激动，常常妨害我采取一种正确的生活方式，它使我简直没有办法把握自己。算了吧，一切在今天将成为永远的过去了。
>
> 今天不是有难得看到的好太阳吗？

叶 紫

    总算这一次有立即改变自己生活的决断了，宝贵这样的决断吧，不要为了脱离了过去那样生活而在那些无价值的，不正确的许多琐碎事件中起着无谓的激动，当心各种老毛病的复发，我那身上主要的毛病，那是一种不安静，一种要求兴奋经验的渴望，安那其式的盲动和妄想呀！

    希望将要来到的旅行生活会提起我的精神。

上面的日记没有日子，下面的诗又没有题目。上面日记大约是四月初离开重庆，在贵阳或×县之作吧。

    我们是锻炼幸福钥匙的铁匠，
    我们的心是年青的，我们的锤声在迅速的响。
    把你们的锤子擎得再高些——擎得再高些呀！
    你那有力的锤子
    打在过去曾炼成钢铁的胸膛上。

1939年3月10日渝

    不知道是轰炸声还是炮声，昨天响了几个钟头，今天又是这样的不绝于耳！但这里的人们却没有去年长沙失火时那样慌乱了。不但不慌乱，简直安闲得很，若无事然。对河的戏院子里还是一样的"歌舞升平"，夜夜客满。多么可悲的〔可〕怕的亡国现象啊！农民的头脑真是简单极了。有时候"无风三尺浪"。有时候，就是用"死"去威胁他，他都可以若无事然。

    无数的有形和无形的，主观和客观的汉奸，在这里散布着日本人来"如何不要紧"和"如何好"的谣言。现存的兵役，捐税，稻谷征发，民夫征发的，百物昂贵，粮食空虚的各种痛苦，再加以平日毫无教育和宣传，迫得他不能不相信汉奸们的话。

    "日本人来了，也许好一点吧！""日本人只要不杀我们，我们什么都愿意。"他们的心中都有这种意思，多可怕的心理啊！

去年，还有更差的说法呢！如"日本人不来是凌迟而死，日本来了，要死也是痛快的死！"不过这是富农，绅士而兼小地主的说话。中贫农以下、到〔倒〕没有听见说过。

这里已经完全是大战的前夜的准备了。但人们因过去长沙的大火，而对中国军队可以抵抗，可以守，也可以打大胜仗的信仰完全丧失了。一方面也因为汉奸的造谣。他们现在都完全相信这里决不会有战事，公路的破坏，工作〔事〕的构筑，他们都认为只是政府准备"跑"的工作，因此他们十分安心地只等日本人来。多可怕的，简单的头脑啊！民众运动是什么呢！政府和各党各派的民众工作做了什么呢？……

今天是母亲六十五的冥诞！咏兰和孩子们都还没有回来，是雨、是讨厌的雨的关系呀！买一点肉，一点鲫鱼，请出他老人家照片来看看，算是没有忘记了。

四月十五日（二月廿六日）

昨日下午收曾纪勋，陈育德各一信，皆有百分之八十之滑头口气。今晨各复一信，纪勋为沅陵龙头井十六号国民日报分社交。以上均平信。

天欲晴不晴。闷闷。

昨天湿势而失眠，枕头大不安稳。

《观察日报》由昨天起，开始收到一份，日子是四月九日的。

下午发天翼平信，谈炮声。

咏兰回来了。牛儿说话，只隔三五天，竟说得这样流利而且长长的了，真有趣。

谨大伯来，谈一小时始去。

四月十六（二月廿七日）

晴而不和，闷人天也。大水平码头。

叶　紫

炮声似乎静止了。

人应该五条件的,以伟大的爱,爱全人类!——尤其是被摧残,被迫害,被侮辱与被损害的下贱(?)的人群。原谅任何人的无理吧!人应该做到永远不生气!永远和蔼可亲!……(自箴之一)

人们的知识水准和思想,决不能一样的高低。假如他低,就应该无条件的原宥他!假如他高,就无条件向他学习!

我不赞成久龄的"以其人之道还治其人"的说法,那是多么的心地窄狭啊!但我又不是基督徒似的,打了左脸还要送右脸给人家打。"爱人类",决不是慈善家似的"虚伪"的"沽名钓誉"的"爱",而应该是内心的,真正毫无条件的,无形的爱!人家所看不到的!但有时也会被人家感到的。比如在作品里,比如:在无条件地替孩子们,替穷人们诊病,给药的时候,这都不能掩饰着一个人的洋溢着"喜爱"的心,但也没有故意掩饰的必要啊!

伟大的托尔斯泰在《安娜·卡列尼娜》内借薛杰巴兹基老公爵的口说:"做了好事(?)问什么人,什么人都不知道,那不是更好吗?……"这是多伟大的说法啊!

"做了好事!积了德!……"用这样的话去恭维人,或被人恭维,都是难堪而且刺耳的事!什么是"好事"?什么是"德"呢?……这些可怜的,自私自利的慈善家所痴心妄想出来的,卑劣而虚伪的名词啊!……

人应该爱每一个人类,而不应该爱由人群所造成的,有了一定代名词的东西。那,一大半都是可憎可恶的东西呀!的确,一大半,一大半还不止呢。(以上自箴之一解)

沙市并未失守,而前次庆长来告诉我沙市失了守,我居然也相信了他。真是那个。庆长这孩子的缺点那样的多啊!假如我和他的关系更亲密一点的话,是可以教他的,但,我们的关系是那样复杂而隔膜啊!

"啊"字,自企霞来后,我又受了传染,差不多每段都不少这个字了,留心。自己过去曾受过这个字的大累的。留心吧!这几天写信都写得不少。

想起了二叔走时，我对他所告白的，关于自己生活现状和前途，与终身志趣，关于我和咏兰的夫妻的关系等等一段长话，我可以看出来，老人家是那样的欢喜，放心了！而自己也觉得欢喜而放心了！

严厉的制止自己的体力劳顿！百分之百的履行铁的生活规律！（自箴之二）

但有限制的运动是必要的！

四月十七日（二月廿八日）

麻风细雨，"闷"不知天〔?〕。

昨夜久龄来说：他要走，同福音堂的同行到马迹塘去，谈了约一小时，扰乱我的平静的心情不少。

我的一生，过去从未浪费过金钱，糟蹋过财物；今后的我，也应该永不糟蹋和浪费金钱。更应该不浪费时间！不浪费精力！（自箴之三）

不浪费金钱，不是要悭吝，更不是刻苦自己；正当的享受还是应该的。不浪费时间，不是指昼夜不停地勤劳工作，而是有规律的工作，劳顿，娱乐，休息。不浪费精力，就更不用引证了。

不正当的用途和消耗，都是"浪费"和"糟蹋"呀！（自箴之三解）

不求人知，不要向不了解你的人去表白自己的学问，能力……了解你的人，当然更不用表白了！

不教训人，人家不向你请教时，万不可以寻着人家去教训！这不但要上当，而且人家也决不能接受。相反地，人家一来"求"教，便应该将自己所知道的，毫无隐瞒地全部告诉人家。

不断地，虚心地向任何人学习！（自箴之四）

谢天谢地！我们的生活现在完〔全〕上轨道了。自己养病和工作上了轨道。孩子们读书上了轨道。饮食起居上了轨道。总之，一切日常生活都像一个前进的家庭了！但必须要保证长久，养成习惯才行！

也还有一些小毛病，必须要逐步改正过来的。

有许多事情，自己常常感觉得不如意，甚至不对，而不能立刻说出所以然来。急急地一说，往往口不应心，说错了，甚至完全与感觉相反，错到不可收拾，要改正都来不及了。遇了这样的场合，最好的方法是：暂时沉默！想了一想，或再想，三想，觉得有了理由，说得出了，再说吧！

我自己一向是无急辩的口才的。我是"有谋而迟"的人。我深深明白自己啊。（"有谋"不如说"有才"好些。）

最好是用笔墨谈话做事，万无一失。但也必须反复看两遍，三遍……

"急辩"的口才，也有锻炼之必要。（自箴之五）

早饭后，谨伯来，说乡公所和自卫团昨天通统走了，兰溪已人无政府状态，而乡镇民商反形镇静。

记得去年长沙大火时，人民纷纷逃难，秩序大乱，伤兵难民，抢劫骚扰，时有所闻，尤其是公路周围七八里路，简直惨不忍言，散兵游勇，伤兵之杀人，放火，奸淫……人民之乱逃，乱窜……以致发〔生〕"邂逅"的那种滑稽事，而结果日本兵并未来。

今年，人民是这样镇静，毫不在乎，而政府和自卫团却首先跑了，不免太不像样。其实，这走，是绝不应该的。乡公所和自卫团离开了他的本乡，便完全失掉了政治上和自卫上的意义，何况日本人还差这样远就先逃了呢！

据说，民商们看见自卫团逃了，都舒口气说："好了，祸根去了！"这真是全世界上的奇闻啊！

自卫团原是人民自己拿出钱来购枪，自己雇请壮丁服役来保卫自己的。但一年来的事实，自卫团在平时除了作威作福，到处蹂躏自己，恐吓自己，绑自己，牵自己，敲诈自己，还要向自己要工钱以外，什么事都没做一点。现在，刚刚正需要他们来"自卫"一下子的紧要关头，他们却不辞而别，首先带着枪逃了！人民怎么不连声舒气呢？！

这样的政治,这样腐败的百孔千疮的下层民众的武力机构,怎么能谈到"抗日"呢?……

去年,四位"自卫团"到保长家去催购枪费,没有见到保长,居然要捉保长的家属,居然声言要烧保长的屋!天啊!这是什么世界……

四月十八日

天仍细雨纷纷,讨厌之极。

忙于订写生活规律,什么事〔都〕没有工夫做。人精神不如前,太劳顿了。好在有了生活规律,明天即百分之百的执行。

《力报》及《观察报》均陆续而来了。战局颇好。

四月十九日(二月三十日)

天老是雨,雨、雨……

今天写敏纳、滨荪、老天三人合信一封计八页。告诉他们我将和久龄合作《战时农村诸问题材料和意见》、计准备写五篇,由我拟大纲,口述意思,由久龄执笔。题目是:(一)论滨湖各农村中的汉奸话,(二)改革农村兵役弊端的几个具体意见,(三)目前滨湖各县的耕种和食粮问题,(四)论战时农村的政治机构,(五)怎样着手战区农村的宣传工作。

今天还没有完全照工作时间表,差一点点,明天一定不差一分一秒。

阴历二月计支出七十一元五角六分。计日用占二十六元六角三分,还债六元。临时开支占去三十一元八角二分,人情占去七元一角一分。

明天三月起,家中日用尚有余存,最多不能超过二十元。

喉痛!!!

《益阳民报》载岳州又增敌兵一师团,洞庭湖增兵舰共三十艘之多,此地又当紧张一番也。

四月二十四日（三月初五）

天雨。

一连大病四天。今天才比较好一点。这完〔全〕是自己的过失。十九日以前，酿成病的原因很多,,以致二十日大病。发热至三十八度，当日自己拟"小柴胡汤"方吃了，病虽于次日退除，然服药后之痛苦，殊不堪言。事后，得教训数条如下：

（一）天雨绝不外出。（二）三十七度以上之微热，即刻停止工作。（三）绝不许超过生活规律表上时间一分一秒，只可减少工作，不可增加工作。（四）绝不使邪侵一秒钟。（五）感冒时改吃稀粥，免病入肠胃。（六）睡前酌量气候，加减衣被，不得受凉，亦不得出汗。（七）早晨及午睡起床时，应该注意自己已否在睡着时受凉，如受了凉，即应缓起来或不起来。（八）无论饿到什么程度，吃饭时应细嚼缓吞，不可过饱，最多吃八成或九成足矣。（九）从今天起，再休息三天不工作。廿八日起正式写作。

想起去年十二月乱吃自己和人家的药方之苦，想起此次吃"小柴胡汤"之苦，应该切实注意身体啊！以后即使有小感冒，温度在三十八度以下，决不随便服中药，中国药实在太不精良了，副作用也多啊！主要的，也还是自己的医学还未臻完全无失之境。以后即便医学进步，即使如何有把握，亦绝不许自己吃药了！廿二日曾作一座右铭贴于壁上云：

"与其痛苦呻吟，大吃其'小柴胡汤'，而反耽误四天工夫，倒不如一天少做一点工作，多点〔养〕一下身体为好。来日方长，又何必急急呢？以后即使精神爽快，身体舒适，即使倒下天来，亦不许超过此规律表之限度一分一秒"。

又"永远不要忘记吃'小柴胡汤'前后之痛苦"。报载：洞庭湖大战。昨天炮声密如联珠，今天又清静一点了！昨天发罗滨荪、欧阳敏纳两人共平信一封。

《观察日报》十七日起被迫停止，理由是不合登记手续，真滑稽！

真令人欲哭不得!……

四月三十日（三月十一日）
天晴和、可爱。
收达芳先生来信并洋四元。收彭尼来信。
右手痛，用手的工作太多，太疲劳了，故痛。几乎一星期不用脑了。致达芳信，达芳将它在四月十九日的《救亡日报》上发表了，并剪了寄来。兹贴于下。
达芳通讯处为桂林桂西路三十五号新知书店交。

五月一日（三月十二日）
晴。上午闷闷欲雨，下午出太阳，傍晚刮干风。
写好达芳回信，平信，明日发。

五月二日
晴，和。下黄沙、下午更甚。
早晨写好回彭尼信，平信。同达芳信发去。
文定来，给我带来贰元。他劝我迁到大栗港去，那里有几位很可爱的文学朋友，"天寒聊寄一枝梅"的几位就住在那里。当然，我可以接受这样善意的劝告，但时局如果不再恶化，我又何必离开这美丽的风景区呢？明天决定先写一信去问一问那几位朋友吧！
今天开始写一篇报告文学《查仓》，准备给《力报半月刊》〔寄〕去的。为了生活、也为了开始锻炼工作能力。
《太阳从西边出来》的本子还未装好，无论如何是说不过去的，明天一定要开始订。
在不合理的社会里，人与人之间的关系，是越神秘越好，越使别人莫明其妙，就越能使人家尊敬！他们，并不了解每一个人都是平凡的。如果将自己的一切都坦白的告诉人家，脱掉了神秘的外衣给人家看——原来如此——他就会大失所望。反之，你越神秘，他越加觉你是非凡了。

其实，有伟大心地的人，即使毫不神秘，也是为人家，甚至为千百代的后世所尊敬的！上面所说的，那不过是一般的人与人之关系而已。

自己的事实，无必要，也不必件件告诉人家，即使是好朋友。一者省口舌费精神，一者也现得麻烦而使人家厌听。

故意神秘，是要不得的，故意坦白，也大可不必。我常常犯后一种毛病啊！（自箴之六）

不和人家接近，很难看出人家的缺点，一接近了，就一天天地看穿了人家。不要因为没有看出人家的缺点来，而过份地夸赞人家。相反地，不欲〔要〕因看见了人家的缺点，而冷淡自己对人家的热情！

人——是不能无缺点的啊！永恒地以伟大的爱爱一切人类吧！

五月十日（三月廿一日）

晴了很多天，昨天忽然刮了一天干风，今天上午仍刮干风，下午即成暴风雨，风力之猛，真大得怕人！

息园逝世九周年纪念日……

五月二十日（四月初二日）

晴和。

自入夏以来，我几天一日不在病中，不三五天，气候一变，忽又发热，饮食亦大为减少，又怕热，又恶寒，穿衣多则汗不止，穿少又受凉。喉痹也发了，声音经常是嘶嗄的。身体已如纸扎人，仅仅几根骨头了。

最近心理，特别现出病态，肝火极旺，容易暴怒，遇一毫不足道之小事，都大生其气。喜怒哀惧，都不能自制，这是非常危险的事。因为自己明知道不应该，而偏常犯此毛病，事后又懊悔，我真不知是什么缘故？自己寻死吗？……

本来，夏初的气候变化也太剧烈，天太坏了，但，自己应该用理智来抑制啊！

在病态的暴怒中，最容易露出我的先天的劣根性。这一点，我是非常不及咏兰的。咏兰的先天的性情之伟大，是那样的赤诚，热烈而纯洁。我觉得在人类中是最难得的。她的气量之宽洪正大，几乎超越古代之所谓"宰相"也者之上。而我，要不是后天的修养，要不是十多年来畸零苦难生活的磨折，还不知道要变成一个什么人呢？当然，我还没有太坏的先天劣根性，不过比起咏兰来差得一点罢了！但，已够痛苦了。

咏兰和我的先天劣根性斗争，给了我不少的益处，收了洪〔宏〕大的效果。正如我和她的后天劣根性斗争一样。我进步，她也在进步！

后天的劣根性，多半是外表的，只要先天纯洁，克服到〔倒〕容易。但先天的劣根性，却是内在的。即使后天纯洁，有理智、自己时刻留心，有时在不自觉中，仍不免要露出狐狸尾巴，这是一种不轻的痛苦。

由于这，使我想起人类最普遍，最悲惨的劣根性"报复欲"来。没有一个人不以"报复"为人生最大的快乐的。于是整个的人类，都陷于"互相报复"的不可拔的悲境里，这使我想起契诃夫的《坏孩子》，想起我的许多朋友和亲戚来。

防御和抵抗不是"报复"。"与〔予〕打击者以打击"，尤其不是"报复"。这是人类的真理！

基督教的"打了左脸还要送右脸给人家打"，是比"报复欲"还要坏的劣根性。因为他的目的在故意更进一步地增加对方的罪恶，自己却得了无言的"报复"的胜利。其用心之险恶、卑劣，更甚于明显的报复者。

（以上摘入《太阳从西边出来》）

五月廿日（四月初四）

天热闷而湿，不晴不雨，又晴又雨，最难过。

回剑雯一信,叫他来这里玩两天,这人的确是个可儿。平信,寄大栗港。

我将左面贴的《高安通讯》和《一个故事》给三个平日不大看报的不同的人看。一个是汤满老爷,一个汤福安(堂师公),一个是咏兰。得了三个不同的答复。

堂师公是边看边流眼泪,咏兰是叹气伤痛,而终日不忘记那些受难的人,歇斯底里的做起梦来了。另一个却是边看边哈哈大笑,连呼"有趣!有趣!"报纸一放手,不到一分钟,便快乐地谈到他自己的"得意"事上去了,等于没有看。

人类的本性,一出母胎都是善良的,纯洁天真的。但罪恶社会的笔,却将人类一个一个地慢慢填出了颜色来。由浅入深,由洁白到污浊,越堆越厚。有的人一涂上去了,便永远不能洗掉。或者是自以为这颜色好看,舍不得洗掉。甚至可以借此颜色而骄傲,而自负。或者是自己觉得这颜色有点要不得,而偏不洗掉,甚至自己还拚命替自己再涂厚些。有心将本来的洁白涂掉,用以来唬吓人,蹂躏人。或者是用尽心术,很技巧的白天洗掉,夜晚又涂起来。或者索性不洗掉,索性天天涂厚,而扬言说:"这不能怪我,这是社会替我涂上去的呀!我原来也是洁白呀!……"我把这种人叫做第一类,就请朵思退夫斯基来解剖他的心,怕也解剖不出洁白来的吧!

　　　　　　　　　　　以上二十二日记
　　　　　　　　　　　以下二十三日记

有的人是不得已而自己涂上去的,觉得难堪而洗掉。结果,因为不得已,又涂一层,又洗掉。涂一次,洗一次,而不加厚。或者涂上去了,总不愿意统统涂满,还留出一小块或半边洁白来。或者只涂一次,只一种颜色,或洗掉,或不洗掉。我都叫他做第二类。这种人还有药救。

有的人是被压迫涂上去的,完全处于被动的地位。这种人即使涂到一尺厚,涂上七八十种颜色,他的心总还是洁白的,无辜的。这是第三类。这一类人最多,也最值〔得〕人的同情和救助。

没有被社会的笔涂过颜色的人，世界上是没有的。涂颜色不上去的人，更是没有。要有，除非他自己先张起了防御的面网，处处小心，时时防备。但有时也仍不免要被抹上一两笔的。其实，只要有理智，偶不小心，被抹上了一两笔，而立刻就洗掉，永以为羞耻，而更小心。这种人，也就很难得了！

没有被社会的罪恶的笔涂抹过的，或即使强迫涂也涂不上去的。我想，成人之中，是万难寻一的。除非是孩子！

啊！伟大的孩子们啊！谁没有经过孩子时代呢？谁不是孩子长大的呢！……。"救救孩子！"这是伟大的先辈鲁迅的呼号。但救孩子，必先从改造社会制度着手。否则，孩子是救不了的。因为在孩子时代，不救也是洁的。到了成人，一起进了恶浊的社会，要救，也就为难了！于是"救救孩子！"的呼号也就落了空。

因为满老爷对我说，他最初第一次去做坏事，因为不愿意，而饿过三天肚子，红过脸，流过眼泪。而以后……

我写了多少废话啊！

五月廿三日（四月初五）

天雨而阴凉。

早晨补写了昨天未完的一段日记感想。

五月廿四日（四月初六）

天阴凉，小雨。

午后一时，收彭尼挂号信，并洋壹元，邮票二角。

想起应该写篇纪念息园的文章，而身体不允许。九年来，我除在《丰收》上标了一句纪念话于卷首外，我没有再写过一个字，我是太对不住亡友了。

记得在上海时，他答复一位笑他有官不做，而去做"永不会成功的"革命工作的朋友，（那朋友笑他为"夸父追日"）仅寄了一首诗去，

没有加一个字。这个人是在南京某某部里当科长的。他曾经表示欲再介绍息园做官,被息园拒绝了。诗云:

> 春来秋去耐缠绵,花落花开断复连!
> 旧迹尽凭潮尽洗,新生应共铁尤坚!
> 笑看夸父曾追日,忍待娲娘更补天!
> 乱世是非原未定,莫将成败论当年。

(《倒车集》)

本来,和久龄约定,在他的忌辰去上坟的,大家在那里作一次野餐,祭祭他,回来再作纪念文。结果,因病,因暴风雨,而不果!……

有一天,想和他一首诗,仅得两句,云:

> 痛哭故人心欲裂,忍看时局志弥坚!

(《倒车集》)

算了吧!无论哪一天,只要续好了这诗,总要写几句话到杂志上去发表,以作纪念的。

近月来,因各线出击反攻,战事均有进展,此地又太平如常。因为水涨,今天又听了连续不断的半小时以上的炮声,在上午十时左右。

人类的"夸大狂"最发达的地方,怕要算是中国了。我所看见的每个中国人,都差不多有点欢喜"夸大",以夸大"为快乐。文学家更不用说,有名的如李白的"白发三千丈"!现今的,连我自己,有时都有点这毛病,并且简直是不自觉的,成了习惯了。这大概是脊髓小神经的作用吧!真是不可解的问题。应时刻注意啊!(自箴之七)

农民中的"夸大"比任何种人都厉害。

夸大"过度"或是"有心"的便成了"说谎"。

因此罗士特莱夫的子孙，在中国农村，真是数不尽，发达得很。"虚心"决不是"谦恭"。"虚心"是内在的，真诚的；"谦恭"是外表的，虚伪的。

"谦恭"即是"虚伪"的代名词。我最讨厌"装谦"。"谦"而名"装"，其伪可知也。

关于朱木匠一类的天才的埋没，应记入《太阳从西边出来》之材料内。

五月廿五日（四月初七）

晴而和。早晨微有西风。

一星期前，大仇人曹明阵被四十三师扣留了，轰动了整个益阳城。传说纷纷，谣言千千万万。各方亲友来告者，日有数人。对于这，我一点意见也没有发表。

吉昌弟来问我，对于曹，有没有办法打落水狗。我也没有置答。

大概，人家都见我不形诸色，一定又在议论我吧！"忘记了父仇吧！""无人心吧！""不教之子吧！"……但随他去！……

"落水狗沉而打之"，是鲁迅先师的伟大的教训。要打，就要有绝对的把握，一下致其死命！否则，自己不能动手，只在旁边呼喝，结果，狗如打不死，它一爬上岸，第一口就会先咬翻你！何况病到连呼喝的气力都没有了的我呢？……

狂妄的叫喊和无把握的欢乐，不但肤浅、粗暴，而且是多么无理智的举动啊！……

主要的，我一向就没有把这东西，当一个了不得的敌人看。我看他只是一条不足道的小狗。虽然他杀了我的父亲，姐姐。假如他够一个敌人的资格，那，即使和他拚了命，也是值得的！

和一条狗去拚命，是非常置〔值〕得考虑的事！那就是说，自己的生存和狗的生存，孰重要？……

我认为世界上只有"互助"。绝没有"恩",也绝无所谓"报"。那都〔是〕虚伪的旧道德中的鬼把戏。

旧道德就是虚伪和罪恶的代名词,一块"旧道德"的幕布下,不知遮掩了多少罪恶啊!

旧道德不必攻击,早已体无完肤了。而新的道德,人类的真理,不知要到什么时候才能建立起来呢?

想起朵思退夫斯基的穷困一生,想起自己目前的处境,我才体会到《穷人》是怎样写出来的。

想起企霞,在此时,人们必叫他穿武装,挂起上校符号来示威,我真怀疑我不是住在人世上。

点人家的血疮,是罪恶的行为,往往遭到反感,而甚至惹祸!但假如是双方都站在新道德的立场上,出以赤诚,就成了善意的批评了,而且绝没有不能接受的。

没有新道德的人,是绝不能接受刻骨的批评的。

"忍耐",我一定要百分之百的做到。我的病才能好。永恒地不要忘记由"忍耐"所得到的好处。(自箴之八)

去年年底,志贤舅答应给我送肉来。而未送来,因作一"打油诗"寄去。云:

爆竹声频逼岁除,急来窗下便修书;
只缘饕餮成生性,请问年猪杀也无?

正月底,始得回信,送了一块肉来。并回一诗云:

打肉何须问几多,洞庭抛入水无波;
早知君是屠门客,瞒着阿公割一坨。

(《倒车集》)

阿公者，满外公也；瞒着者，满外公不肯也。

五月廿六日（四月初八）

晴，刮南风。

昨天下午人的精神爽快极了。今天早晨便亲自到兰溪去买水鱼吃。

因为南风，要特别小心才好。

发彭尼回信，昨晚和今早写好的。挂号。并附去龙重任之信，信中说过这样的话。

近来我有一种奇怪的思想，不，也许是经验吧。我总觉得说得太漂亮，太热情的人，往往是最靠不住的。……

午后，楼哥来，接小文去，言姐姐病重。前四日，曾云病疟，间日一作。求一解表方并买四日两头丸四粒去。服而无效，今日再来。如今夜不退热，言明天即来接我，恐有转伤寒之危也。但愿她好起来！

五月廿七日（四月初九）

晴，大南风。

谢谢上帝，楼哥今天没有来接我，大概姐姐好了些。

早晨又续写《查仓》，约五百字。

午后，大开倒车，和久龄合伙开某某诗人的大玩笑。戏和五首，戏改四首，戏集一首，并附一短跋。也是针对着反对旧诗而作的，不无小意义。改日再记吧。因为诗还待斟酌。不过，下次再不许自己开这样的玩笑了。一者伤脑，二者耽误时间，三者终不免使人难堪。虽然我绝不写作者的名字，不告诉别人作者是谁，但终不免传给作者本人知道，而生怨恨和误会。切戒，切戒！（自箴之九）

午后四时，收达芳来两信，一挂号，附汇票九元。计小许女士二元，广西大学召非君五元，北望君二元。另在平信中附一中学生冬青一信，并邮票五分，并剪来《救亡日报》一页。

收《观察日报》杨隆誉先生一信。挂号，转来从前天翼交给他之捐款邮票四元。并交天翼通讯处为溆浦大潭民国大学交。嘱我寄一信他。

五月三十一日（四月十三日）
阴晴而凉。
这几天人又不好。肺肾交病，而以肾病为最厉害。腰膝酸冷而痛，恶寒、发微热，咽喉痛而声嘶嗄，自汗，盗汗，不一而足。
内经曰：足少阴病，虚火上浮，常咽痛。宜咽蜜炙附子片。仲景云：冬月伏寒于肾经则发咽痛。附子汤温其经。秘篆及东垣云，少阴咽痛，因热药凉服，然而我不敢吃附子。连六味地黄丸亦因胃寒和外感而不敢常服，奈何?!!……
发达芳回信，快函。寄桂林桂西路十七号读者书店。
收育德又来一滑头平信。但又不得不复。当即寄一平一快。平信寄文定。快信寄贵阳汇灵桥五十一号交陈缉熙收。即育德新婚之住址也。

六月二日（四月十五日）
阴，凉，时有小阵雨。
喉痛而声更嘶嗄。以经冬五味子二位（味）临睡泡服，只痛快一时，早晨又一样了，且对脐之硬块，每晨必起冷卷，直至肾经。难道肾经真的有伏寒吗？服附子汤是不敢的。以附子调米醋成膏药，贴涌泉穴倒是可以试试的。外敷而不内服，当无妨也。且于寒胃，大不宜于我，不是吗？这两天胃更难过。
我不知道一个有科学头脑，有理智的我，怎么会干起中医来的，真是怪异而有趣的事。其实，说也难怪，环境使我和全中国农村中的劳苦大众享受不到科学的幸福。全国的医院和西医是那样有限。西医是那样势利眼，机械而奴隶于模仿外国，甚至可以用普通话说得出的病而故意说外国文，以显出自己的玄妙、高深。西医是那样的资产阶级和官僚市侩化啊！简直令平民望而生畏！……我最反对中国西医治肺病。（原因在《穷人肺病疗养法》中再说吧！）而中国药是这样的普遍，便宜，有千百年历史，有信仰……而且也真正治得病好。他的每一味药，都能深入劳苦大众。但毛病也在这里出来了。第一是中医书太玄虚，文字太古奥，难懂，而尤其难通。因此，十个中医中，有九个看不懂较古、较高深的医理书籍。如《内经》，如《灵枢》、《素问》，如仲景各书……且解释更玄而又玄，完全是经验和臆测的。没有经科学的化验和证明。乡下医生更是杀人如麻。连药性都弄不清楚，脉理连分八大脉都分不清，看书连陈修园、汪昂、傅青主诸书都要断错句，怎么不杀人如麻呢？有的简直连写一个药方都写不成，还大做其医生呢。

然而中国药确可以治病。假如加以科学的化验和精制啊！

今早圣三爷来说，他的病瘟的孩子完全好了。曹宗和的动了惊风，几乎死去的任儿，只有一剂药，也完全好了，我的心里多么快乐啊！

因为医书之难，又不能不使人想到中国文字之难，和新文字运动必须火速努力！

我必须用全力在我的作品里反对人类的"报复欲"，刻画其罪恶而攻击之。这也是我的主要工作之一。

以无理对付无理——是报复。

以野蛮残忍回答野蛮残忍——是报复。

以真理打击无理，使他"有理"或"懂理"了为止。——不是报复。

以人类的正义，打击其兽性的野蛮残暴，直到他屈服，回复其人性为止——不是报复。

将日本强盗驱去〔出〕中国——不是报复。

将日本兵力和陆、空、海军之一切力量在中国歼灭之——不是报复。

帮助朝鲜独立、而出兵援助之——不是报复。

杀没有抵抗力之俘虏——是报复。

打到东京去，杀尽日本鬼子——是报复。

也去屠杀日本的无辜人民，轰炸日本的一切大小不设防城市——是报复。

"报复"——片刻的痛快，狞笑。而结果是——制造罪恶！

我现在连写一封信都不能随便，因为时刻有被拿去发表的可能，而不能不先自小心，检点。但，我绝对相信我没有不能发表的信，因为我根本无不可告人之事也。随他去吧！

六月五日（四月十八日）

阴，冷。

咽喉痛略好。精神大不如前，萎弱已极。

以生附子三钱调米醋成膏药贴脚心，不十分钟，咽喉之火气顿消，再十分钟，变成冰凉世界矣。再服八味附桂地黄丸加玄参（先蒸再泡水服），咽喉痛遂平复。但胃却受伤。

中国药真奇怪，有效。但总不精良，非用科学炼制不可。

收企霞、剑雯各来一平信。

六月六日（四月十九日）

满爹来说，曹明阵因汉奸罪名，前日在省城枪毙了，尸首已运回益阳。

对于这样一个封建余孽的罪魁，土劣总代表，是必然要走到这条路上去，也必然要得这样归宿的。政府能注意到这样的人身上去，及早而铲除之，这就证明湖南政治的进步，也就是抗战的中国的进步。

反对封建运动，必须配合着第二期抗战展开。而尤其是肃奸运动！……

说到私仇，当然我应当向我的先父（祝他老人家灵魂平安）祝告的！不过，与其说，我看到了一个大仇人的死而高兴，到〔倒〕不如说看到替国家民众除了一个大害而高兴，还恰当得多。

我相信，我有这样的胸襟，即使他是我的杀父之仇，只要他是在前线杀敌，为国家民族的生存受了苦难，只要我的力量能救助他，我一定会去救他的！但，他却是这样一条狗啊！而且，还是人人得而殊〔诛〕之的汉奸啦！呸！污浊了我的纸笔！……

四月十三日（四月二十六日）

晴而爽快，虽发南风。

旁的病略好一点，又来了讨厌的胃病，连饭都不能吃，只能吃稀饭，岂不呜呼?!!……

很多天不记日记了，很多宝贵的事情不能记上，真是闷气的事情。

这几天，发了好些信出去了。计八日发达芳平信附小许先生一信。又八日发刘祖同一信，来信系由达芳转来。自称为鲍两之友，江苏人。现在广西七星岩桂林江苏省立教育学院。九日复剑雯一信，发二叔一信。十日复中学生冬青一信。此信亦系达芳转来者。桂林两江省立师范学校卢一桂转交。写这封复信我吃很大的力。十二日发韵玉一信，寄贵阳。

今天发望弟一航空挂号信，遵二叔命也。寄延安解放社交。

六月十五日（四月二十八日）

晴，阴。也许下午会出太阳吧。现在的天气总是这样捉摸不定的。

昨天，十二架敌人的飞机，在益阳轰炸了半小时之久。死伤的人一定多得很。而且投弹是毫无目标的。

第二期抗战中，敌人的残暴和无赖，也就在这轰炸中暴露无遗了！一面轰炸平民，一面散传单来说日本不杀平民，这正是他们的好宣传啊!!……

愤怒到极点的时候，往往会失掉理智的。假如打落一架敌〔机〕下来，那被俘虏的机师，很有被乡下人活吃掉的可能。这是人类的本性——虽然说这是"报复欲"吧，也不能算罪过的！要办到在敌对时不杀俘虏，非有绝大的理智的人，是不行的啊！这因为是敌太横蛮残酷了的原故。

一次轰炸之后，乡下人的人生哲学又来了。"这个世界啊！多快乐一点吧！不要争强弱吧！说不定明天……"但，一点积极的表现都没有听到。我们的宣传工作在哪里啊！……

给企霞写一长信，两天了，今天才完成，人受了伤了。

我在他的信中，写了几句这样的话：

"我不能对你说什么话，我只觉得人应该有生存的乐趣，人一想到死，而尤其是'自杀'，对生的魅力，就完全丧失了。一切的痛苦和烦恼都来了。我不知道你还记不记得聂维洛夫的'我要活'，我是记得的，因为，我懂得怎样'爱人生'，而病也是这样才好起来的。而您，却那样绝望得可怕。我不能劝您，因为您是用不着劝的人。您什么都明白，您比我明白得多，而且太多了。……

……

"我相信，我从前的估计错了，您决不会自杀的。因为我从您的来信中，分明的看出了强有力的，不可绝灭的生命的烈焰！……

"这样的人，是决不能，也决不会自杀的！"

……

"一个知识分子，看到自身和同样的内在的丑恶，是那样多而可怕，是常常不免要受刺激的，甚至会变成神经病患者，要不然就变成了《天兰的生活》中的主人公。理智再强一点的，或者可能逃出这一公式的吧！……"

"但没有丑恶的人类，世界上是没有的。就只看您爱不爱人生！……"

"残酷地批评自己，无限地宽恕别人。这才有进步。一进步，生存的意义，立刻就抬头了。于是，明确的意义，便现了出来。"

"人——究竟是善良的。"

"人——是世界的枢纽。"

……

此信系快信,仍寄江西吉安原处。

复《观察报》杨隆誉先生平信一封。附给敏纳小简一纸。约定一星期内写长信给他。

晚,收彭尼平信一封。

又,收龙任重挂号信一封。汇票洋五元。

六月十六日(四月二十九日)

雨,天黑暗无光。

早晨,复龙任重、彭尼各一信。平信。

由于自己在创作上所感到的关于模特儿的困难,常常苦恼着自己。不是吗?我们这里有无数的典型人物,如石安,干水,以及许多老者,少者,……但,他们都知道我的笔名,都留心着我的作品,只要有一肢一发像他们的,他们就都会立刻来质问我的。以为我在骂他们了。我的天啊!世界上哪里有那样的作品呢?什么人都不像……

看到天翼对华威先生的苦恼(《论缺点》,《力报》半月刊四期),想起鲁迅先生的写坏人总是老大,老四,老五,而绝不写老三老二的苦衷和他说的以后不能写小说的诸原因,真令我有"干文艺大不如卖烧饼好"之感。

看到一个生客人,或高兴的人,或高兴的事,即大为兴奋,这是非常有害于我的病的。应绝对抑止。兴奋之后,一定要受伤害的。一定要受刺激的。何必呢?……切戒切戒!(自箴之十)

"矫枉过正"也是我的最大的缺点之一。我常常犯这样的毛病。"过正"者,"过度"也,"过火"也。"过度"即变成了"夸大",略发展一点,就有成为"说慌〔谎〕"的危险。"过火"就不免"苛责"或"苛求",尤其是要不得的。这毛病不小啊!不偏,不激,虽中庸之道,却也是非常难得的道理,用之于年青人,是最困难的。(自箴之十一)

叶　紫

"残酷地批判自己，无限地宽恕别人。"我昨天对企霞这样说了，今后，自己更应当时刻警惕！（自箴之十二）

六月十九日（五月初三）

上午雨，下午晴而闷。

……

收剑雯一信，并诗一首。剑雯苦于夫妻不和，大有不同终岁之势。其诗系感怀而作，能使读者寄与最大之同情。

六月廿一日（端午节）

晴。我自己觉得病得十分严重了。最近性情异常暴躁。夜晚因为要防备盗汗，防备着凉，防备受热，……于是由于小心和惶恐过度，而变成严重的失眠症。刚刚欲睡着，一下就惊醒了。

病，完全是本病，防备仅仅是治标的方法。然而，本病无药可治，又不能不在标上想法子。等度过了（假如能度过的话）这一夏季，到秋凉了再设法在饮食上来赔本吧。但，这样严重的形势，这夏季是否能度过呢？……

葛可元的《十神药方》上有几个赔本的单方，我一定要弄几个吃吃的，虽然价钱是那样贵。

因为前一星期三大轰炸，年年照例的龙船和山歌，今年不要政府禁止，而自动地取消了。这一积习的革除，不能不说是日本鬼的轰炸之功。也就是一般人所说的——在轰炸中进步了！！……

六月廿四日（五月初八）

连日皆晴，刮大南风。

病势一天较一天严重。今天体温37.6℃。脉搏102跳。喉痛得几乎失音！

人家都说我用心过度，非停止阅书看报不行。就是说，要我做一个猪。

不工作,可以。不看书,也可以勉强办到。但如果要我不看报章杂志,那我情愿"死"。

久龄为了生活,他可以不看书,不看杂志,甚至七八天不看报。兰溪的小学教师群,校长如我的舅父们,他们只要敌人不来,十年不看报也可以过得若隐土然。但我却不行。

我关心着世界大局,耽心着祖国的存亡,关心着全中国的文化事业,时刻不能忘记自己所负的伟大的时代的使命,文化人应尽的一切责任……我贪婪地看着报章杂志的第一个字———甚至连广告,毫不放松……

假如这是我的致死的原因,那我真是"死"而无怨。

咏兰今天正式向我申言,她担心我会死,我自己照镜子一看,觉得脸相的确是大不对了,"死"是很可能啊!但"死"吧!有什么可怕呢?……

昨天久龄复剑雯一信,两人署名。

今天收刘祖同一信。祖同这人暴躁得像有神经病一样。暂时不打算回信。

六月廿五日(五月初九)

晴。

喉痛加重,濒于失音。胃病后肠亦大病,早晨连泻三次,腹痛不可当。夜作恶梦,醒则浑身盗汗。心悸气喘,头重脚轻。舌干口苦,咳嗽痰多。心中烦躁不安。头发大落,骨内酸痛,好了,好了!无论你如何厉害,再加些病吧,我也只当你秋风。"苦",我不怕!"死",我不怕!来吧!一切的魔难!……老子不怕你!……

使我烦躁,而不能不动气的倒不是病,而是咏兰对我的"爱好的东西"和"爱做的事"的毫不关心的态度。她替我做事总不肯用心去做,总不能如我的意。而我自己又不能动,所以就造成了烦躁的原因。

其实，只要她肯用心，任什么事，她都绝对的可以做得很好。

她是多么地不关心我的"爱好"啊！有时我痛苦得怀疑她在欺骗我。当然，这是毫无根据的冤枉她，但，我却有这样的痛苦呢！怎么办呢？

我的身体和病，决定了我的工作和责任，不是，也绝不能上前方参战，而是深入后方，散播新文化的种子，用来打击一切阻碍着祖国进步的黑暗势力！——彻头彻尾的反封建！……然而，我的天啊！病得我这样厉害，简（直）是一个废人样了！……

发企霞平信，仍寄吉安。希望他寄点钱给我。希望他带两个人出去。

六月廿六日（五月初十）

晴，南风。

昨天连泻六次，腹痛如绞。体温 37.8℃，脉搏 104，开夏季之最高记录。

但，不管他，妈的！相反的，我倒比平常多吃了一些饭。

决定吃素两月，这对我有很大的好处。

怕风吧！我偏要吹风，越怕越厉害，倒不如反抗的好！今天，打算你再高一度的体温如何？妈的！……

收罗家洲小学教师郭训钦一信。待复。

行军掉队记

一、山 行

掉队以后,我们,一共是五个人,在这荒山中已经走了四个整天了。我们的心中,谁都怀着一种莫大的恐怖。本来,依我们的计划,每天应该多走三十里路,预料至多在这四天之内,一定要追上我们的部队的。但是,我们毕竟是打了折扣,四天过了还没有追上一半路程。彷徨,焦灼……各种各色的感慨的因子,一齐麇集在我们的心头。

五个人中间,只有我一个人有一枝手枪——一枝土式的六子连——其余的四个人,差不多都只靠着我这枝东西保护。传令目,副官,勤务兵,外加上那一个最怕死的政治训练办公厅主任。

并不是因为我有了一枝手枪,就故意地骄傲了。实在地,我对于我的这几位同伴,除了那个小勤务兵以外,其余的三个,就没有一个不使我心烦。尤其是那一个最怕死的自称为主任的家伙。要不是为了他,我们至少不致于还延误在山中,四五天追不到部队。天亮了以后,看不见太阳,他不肯走;下午,太阳还高挂在半天空中,他就要落店。要是偶然在中途遇见了一个什么不祥的征兆,或者是迷途到一个绝路的悬崖上去了,他就要首先吓得抖战起来,面色苍白,牙齿磕得崩崩地响。然而,一过了险境,看见了平安,他却比什么人都显得神气。

山路是那样地崎岖,曲折,荒凉得令人心悸,要很细心才能够寻出正路来。几天来，我们都沿着面前部队经过时所作的记号，很迅速地攀行着。谁也是小心翼翼地，不敢大声。我们知道，这姿山一带的居民，一向就横蛮得不讲道理。他们也最讨厌军队。往常，我们的大队在这里过境时，他们就曾经毫不客气地截过尾子。他们并没有枪，也没有火炮。他们只凭着自己的锄头，广众的人数，在你的队伍过得差不多了时，一下子从树林里面跳出来，猛不提防地把你最后的一排人，一班人，或者是行李担子，通统劫去。锄头可以准确地把拿枪的打到山洞里，使你来不及翻身扫射。全部去完了，等你前面的大队知道了，调回来围捕他们时，他们就一声唿哨，通统钻进树林里面，连影子都抓不回来。

过去的印象，的确是太深入我们的脑筋了，所以我们才恐怖得那样厉害。尤其是虽有一枝手枪，却比没有还容易摆布的五个光身的人，如果不小心地把那班人触怒了，还有命吗！

训练主任这个时候总是和我特别讲得来，我也很能够知道他的苦心和用意。但，我却不时故意地捏造出一些恐怖的幻影来恫吓他，使他发急。这，我并不是有心欺侮弱者，实在是我们中途太感到寂寞了，找不到一点能够开开心的资料。

太阳渐渐把树影儿拉长了，我们都加紧着脚步，想找一个能够打尖过夜的客店，然而，没有。

"怎么办呢？"传令目和副官爷都发急了。

"不要紧的！"训练主任停了一停，献功似地说："你看，那边山脚下，不是还有一个人吗？"

于是，我们就轻了一轻身上的小包袱，远远地赶着那个行人的后尘，追求着我们的安宿处。

二、白米饭

跟着那个不知名姓的人的背后，约莫走了两三里路，天色已经渐渐地乌黑了。起先,因为距离得相当远,那个人好像还不曾察觉,后来追随得近了,他才知道后面有人。回头看看,我们的几件灰布衣服,便首先映入了他的眼睑,他不由的吓了一跳,翻身就跑。

我们为了住宿问题,紧紧地钉着,追着。半里路之后,我们清晰地看见他转了一个弯儿,躲进山谷中的一座小屋子里去了。在偌大的一个山谷中,就只看见那么一座小屋子,孤零零地竖立着。

我们跟过去——门儿关着,屋子里鸦鹊无声。

"怎么办呢?妈的!。他把门关起来了。"训练主任举起一只脚来,望着我,想踢过去。

"不要踢!"我向训练主任摇了一摇头。"让我来叫叫他看。"我把耳朵贴在门边上,用手指轻轻地敲着:"喂,朋友!开开门,让我们借宿借宿吧!"

里面没有回答。随后,我们又各别地敲叫了好些声。

副官和传令目都不耐烦了,天也更加乌黑得厉害。他们不由的发了老脾气,穷凶极恶地叫骂起来:

"不开门吗?操你的祖宗,打!——""打"字的声音拖得特别长,特别大。

果然,里面的人回出话来了:

"老总爷!做做好事吧!我们这屋子太小。再过去五里路就有宿店的……"

"不行!我们非住你这里……"副官越说越气。

双方又相持了一会。结果还是由我走到门边去,轻轻地说了些好话,又安慰了他许多,我们只有五个人,临时睡一忽就走,决不多打扰他们!……

半晌,他才将那扇小门开开着。

在细微的一线星光底下,那里面有两个被吓作一团的孩子,看见我们哇的一声哭了起来。

我们趁着说明了我们是掉队的军人,对他们绝没有妨碍,叫他尽管放心。一路来我们还没有吃晚饭,我们自己原由勤务兵带着有一点米的,现在只借借他的锅灶烧一下。那个人也还老实。他也向我们说明了他是一个安分守己的良民,他带着老婆和孩子就在这小屋子里过活着,一年到头全靠山中的出息吃饭。今晚,起先他并不是故意不让我们进门,实在是他不知道我们是什么军队,他怕惊坏了他的老婆和孩子,真正是对我们不起的!并且,他还有点怕那个——那些本地山上的好汉们知道了要怪他,说他容留官兵住宿。所以……

我们跟着又向他解释了一遍,他这才比较地安了心。

勤务兵和传令目烧饭,两个孩子站在火光旁边望着。烧好了。一碗一碗盛出来,孩子们的颈子伸得像鸭子一样。我们尽管吃,涎沫便从那两个的小口里流出来,实在馋不住了,才扭着他们的妈妈哭嚷着:

"呜!妈妈……好香的白米饭啊!"妈妈不响,眼泪偷偷地从那两副小脸儿上流下来了。

我和训练主任的心中都有点儿不忍了,想盛出一碗来给那两个孩子吃吃,但一转眼看到自家都还不够时,就只好硬着心肠儿咀嚼起来。

之后,训练主任还要巴巴地去向他们追问:

"你们一年到头吃些什么呢?"

"唉!老总爷,苦啊!玉蜀黍,要留着还税;山薯,山上的好汉们又要抽头;平常日子,我们多半是吃掛米的……"

"掛米?"我夹着也问了一句。

"是呀——小掛树的嫩根,拌在山薯里吃!"

半晌,我们没有回话。想起刚才不肯省下一小口儿饭来给那两个孩子吃的情形,心中像给一种什么东西束缚得紧紧了。

三、两具死尸

因为要提防那小屋子的主人,去报信给山上的好汉们听,所以天刚刚发白,我们就爬了起来,向那主人告过辞,寻着原来有行军记号的路道走去。一路上，我们都不约而同地谈论着：为什么一个人自己种了玉蜀黍、山薯，辛辛苦苦地，一年到头反而只能够吃挂米。这其间，就只有那个小勤务兵最为感动，因为他的家里也正是这样哟——据他说——因为他一直都是愁眉皱眼的。

训练主任的胆子似乎大了些，主要的还是在这两天内并没有遇到什么惊心动魄的事迹，所以他比任何人都要见得高兴些了，他过去在什么大学毕过业，他做过什么伟大的文章，伟大的诗……一切的牛皮，都吹起来了。并且还要时时刻刻拉着人家去陪衬他，恭维他！……

山路总算是比较平坦些了，虽然在茂密的树林中还时刻发出来一些令人心悸的呼啸。但据我们的估计，至迟再有一天，便可以追上我们的部队了，十分的功程去了九分，还怕再出什么了不得的乱子吗？这么一估计，训练主任便高兴得大叫大唱起来。

大约已经走了三十里路了吧，太阳已经爬上了古树的尖头，森林也渐见长得浓茂了，训练主任的歌声也更加高亢了。但不知道为了什么，忽然那个前面引路的小勤务兵，会站住着惊慌失措起来，把训练主任的歌声打得粉碎！

"什么事情，你见神见鬼！"副官吆喝着说。

"不，不得了！"勤务兵吃吃地说，"那，那边，那边，杀，杀……杀死了两个人……"

"怎么？"训练主任浑身一战，牙齿便磕磕地响将起来，他拖着勤务兵："杀，杀了什么人呀？"

"两，两个穿军服的！"

"糟糕！"训练主任的脸色马上吓得成了死灰。他急忙扯住我的手："手枪呢？手枪呢？"

我故意地镇静了一下，没有理会他——虽然我的心中也有一点儿发跳。勤务兵引路，我，副官，传令目走在最前面，那个便老远老远地站着望着我们，不敢跟上来。

的确是躺着两个穿军服的！浑身全给血肉弄模糊了，看不出来是怎样的面目。副官用力一脚——把一个踢了一个翻身，于是我们便从死者番号上看出了——真正是我们部队里的兄弟。看形势，被害至多总还不到一个对时，大约是在昨天上午，刚刚大队过完之后，被好汉们"截尾子"杀死的。一个的身上被砍了八九刀，一个连耳鼻嘴唇都给割掉了。看着全使我们幻想出他们那被杀害时的挣扎的惨状，不由的不心惊肉跳起来。

像打了败仗似的，我们跳过那两具死尸，不顾性命地奔逃着。训练主任的腿子已经吓软了。他一步一拖地哀告。我们：

"喂！为什么跑那样快呢？救救我吧，我已经赶不上了呀！"

四、仇　恨

一口气跑了十多里路，大家都猜疑着约莫走过了危险地带了，脚步才慢慢儿松弛下来，心里可仍旧是那么紧张地，小心地提防着。肚皮已经饿得空空了，小勤务兵袋袋里的米也没有了，我们开始向四围找寻着午餐处。在一座通过山涧的木桥旁边，我们找着了四五家小店铺。内中有两三家已经贴上了封条没有人再作生意了，只有当中的一家顶小的店门还开着。

那小店里面仅仅只有一位年高的老太婆，眼泪婆婆地坐着，像在想着什么心思。她猛的看见我们向她的屋子里冲来，便吓得连忙站起来，想将大门关上。可是没有等她合上一半，我们就冲进了她的家中。

老太婆一下子将脸都气红了，她望望我们的手中都没有杀人的家伙，便睁动那凹进去了的，冒着火花的小眼珠子，向我们怪叫着：

"好哇！你们又跑到我的家中来了。"

"我们没有来过啊，老太婆！我们是来买中饭吃的呀！"我说。

"买中饭吃的！不是你们是鬼？你们赶快把我的宝儿放回来，你们将他抓到哪里去了！你们，你们……"老太婆的眼泪直滚。

"我们从来没有看见过你的宝儿呀！老太婆。"训练主任也柔和地说。

"没有看见！昨天不是你们大伙抓去的吗！好，好啊——"她突然转身到房间里面，摸出一把又长又大的剪刀来。"我的老命不要了！你们不还我的宝儿，你们还要来抓我！好——我们拚吧！……"她不顾性命地向我们扑来，小眼珠子里的火光乱迸！

"怎么办呢？"我们一面吩咐勤务兵和传令目按住了发疯了的老太婆的手，一面互相商量着。

"不要紧的！"训练主任说，"我们不如把她赶到门外，将门关起来搜搜看。如果有米煮饭我们就煮，没有米就跑开，再找别人家去！"

"不好！"副官连忙接着，"放到门外她一定要去山中唤老百姓的！不如把她暂时绑起来搜搜看。"

于是大家七手八脚的，将那老太婆靠着屋柱绑起来了。

"你们这些绝子绝孙的东西呀！你们杀了我吧！我和你们拚……"绑时她不住地用口向我们的手上乱咬乱骂着。

关门搜查了一阵，总共还不到三四碗野山薯，只好迅速地，胡乱地弄吃了。又放了十来个铜元在桌子上，开开门，便赶着桥边的大路跑去。

为避免麻烦，我们是一直到临走时，还没有解开那老太婆的绳子。好远好远了，还听到她在里面叫骂着——

"遭刀砍啦！红炮子穿啦！……"

五、最后的一宵

因为是最后的一宵了——明天就可以赶上部队——所以我们对于宿店都特别谨慎。总算是快要逃出龙潭虎穴了，谁还能把性命儿戏呢？

这一家客店，似乎比较靠得住一点，在这山坳的几家中。听说昨晚大队在这儿时还是驻的团部哩。只有一个老板，老板娘和两个年轻的小伙计。

叶　紫

老板是非常客气的，这山坳里十多家店家，就只有他家的生意兴盛。招呼好，饭菜好，并且还能够保险客人平安。

话虽然是这样说，但是我们提防的心事却一点也没有放松。尤其是那位训练主任老爷，他时常在对我的耳边嘱咐一道又一道，好像他就完全知道了这客店老板是一个小说书里开黑店的强盗似的；怎样靠不住！怎样可疑！就仅仅没有看见人肉作坊里的人皮人骨。

夜晚，我们几个人挤在一个小房间里，训练主任把我和副官睡的一张床抬到门边，紧紧地靠着。并且叫我拿手枪放在枕头下，或者捏在手上，以备不时之需。

只有他——训练主任——一个人翻来覆去地睡不着。

大约是三更左右吧，他突然把我叫醒了：

"喂！听见吗？"

"什么啊！"我蛮不耐烦地。

"响枪呀！"

"狗屁！"

我打了一个翻身，又睡着了。

约莫又过了一点钟，训练主任再次地把我从梦中推醒：

"听见吗？听见吗？"

"什么啊！"

"又响枪！"他郑重地说。

我正想再睡着不理他，却不防真的给一下枪声震惊了我的耳鼓，我便只得爬起来，过细地听着。以后是砰砰拍拍地又响了好些声。

"不是我骗你的吧？"

声音渐渐地由远而近，很稀疏地，并不像要闹大乱子。而且，就仿佛在这山坳的近处。

勤务兵，副官和传令目，也都爬起来了。

枪声渐渐稀，渐渐远，渐渐地沉寂了……

老板的客堂里慢慢热闹起来。有的还在把机筒拨得哗喇哗喇地响，退子弹似地。

"糟糕!"训练主任颤声地伤心地念着:"我,我,我还只活得二十八年啦!"三十六颗牙们像嗑瓜子似地叫将起来。

我们都吓得没有了主张,伏在门边,细细地想听那些人说些什么话。

声音太嘈杂得听不出来。很久很久才模糊地会意到两句:

"……昨天早晨全走光了!你们来得太慢了啦!"这有点像老板的声音。

"连掉队的一个都没有吗?"似乎又有一个人在说。

训练主任抖颤得连床铺都动摇起来了。

半晌,好像又是老板的回答:

"没有啊!……"

我们都暗暗地念了一声"阿弥陀佛"。

天亮的时候,我们也明知道那班人走完了,却还都不敢爬出房门,一直等到老板亲自跑来叫我们吃早饭。

训练主任望见老板,吓得仍旧还同昨晚在房中一样,抖战得说不出话来。老板看见他这一副可怜的样子,不由的笑着说:

"这样子也要跑出来当军官,蠢家伙!我要是肯害你们的,昨晚上你们还有命吗?……"停停他又说:"赶快吃完饭走吧!要是今天你们还追不到你们的大队,哼!……"

老板的脸色立刻又变得庄重起来。

我们没有再多说话了。恭恭敬敬地算还了房饭钱,又恭恭敬敬地跟老板道过谢,拚命地追赶着我们的路程。

一直到下午四点多钟,我们才望见我们的大队。

叶　紫

行军散记

一、石榴园

　　沿桃花坪，快要到宝庆的一段路上，有好几个规模宏大的石榴园。阴历九月中旬，石榴已经长得烂熟了；有的张开着一条一条的娇艳的小口，露出满腹宝珠似的水红色的子儿，逗引着过客们的涎沫。

　　我们疲倦得像一条死蛇。两日两夜工夫，走完三百五十里山路。买不起厚麻草鞋，脚心被小石子儿刮得稀烂了。一阵阵的酸痛，由脚心传到我们的脑中，传到全身。我们的口里，时常干渴得冒出青烟来。每个人都靠着那么一个小小的壶儿盛水，经不起一口就喝完了，渴到万不得已时，沿途我们就个别地跳出队伍，去采拔那道旁的野山芋，野果实；或者是用洋磁碗儿，去瓢取溪涧中的浑水止渴。

　　是谁首先发现这石榴园的，我们记不起来了。总之，当时我们每个人都感到兴奋。干渴的口角里，立刻觉得甜酸酸的，涎沫不住地从两边流下来。我们的眼睛，都不约而同地，通统钉在那石榴子儿身上，步子不知不觉地停顿着。我们中间，有两个，他们不由分说地跳出列子，将枪扔给了要好的同伴们，光身向园中飞跑着。

　　"谁？谁？不听命令……"

　　官长们在马上叫起来了。

　　我们仍旧停着没有动。园里的老农夫们带着惊惧的眼光望着我们发颤,我们是实在馋不过了,像有无数只蚂蚁儿在我们的喉管里爬进爬出,无论如何都按捺不住了。列子里,不知道又是谁,突然地发着一声唿哨:"去啊!"我们便像一窝蜂似的,争先恐后地向园中扑了拢来。

"谁敢动!奶奶个雄!违抗命令!枪毙……"

官长们在后面怒吼着。可是,谁也没有耳朵去理会他。我们像猿猴似的,大半已经爬到树上去了。

"天哪!老总爷呀!石榴是我们的命哪!摘不得哪!做做好事哪!……"

老农夫们乱哭乱叫着,跪着,喊天,叩头,拜菩萨……

不到五分钟,每一个石榴树上都摘得干干净净了。我们一边吃着,一边把干粮袋子塞的满满。

官长们跟在后面,拿着皮鞭子乱挥乱赶我们,口里高声地骂着:"违抗命令!奶奶个雄!奶奶个雄!……"一面也偶然偷偷地弯下腰来,拾起我们遗落着的石榴,往马裤袋里面塞。

重新站队的时候,老农夫们望着大劫后的石榴园,可哭得更加惨痛了。官长们先向我们严厉地训骂了一顿,接着,又回过头来很和蔼地安慰了那几个老农夫。

"你们,只管放心,不要怕,我们是正式军队。我们一向对老百姓都是秋毫无犯的!不要怕……"

老农夫们,凝着仇恨的,可怜的泪眼,不知道怎样回答。

三分钟后,我们都又吃着那宝珠似的石榴子儿,踏上我们的征程了。老远老远地,还听到后面在喊:

"天哪!不做好事哪!我们的命完了哪!……"

这声音,一直钉着我们的耳边,走过四五里路。

二、长佚们的话

出发时,官长们早就传过话了:一到宝庆,就关一个月饷。可是,我们到这儿已经三天了,连关饷的消息都没有听见。

"准又是骗我们的,操他的奶奶!"很多兄弟们,都这样骂了。

的确的,我们不知道官长们玩的什么花样。明明看见两个长伕从团部里挑了四木箱现洋回连来(湖南一带是不用钞洋的),但不一会儿,团部里那个瘦子鬼军需正,突然地跑进来了,和连长鬼鬼祟祟地说了一阵,又把那四箱现洋叫长伕们挑走了。

"不发饷,我操他的奶奶!"我们每一个人都不高兴。虽然我们,都知道不能靠这几个捞什子钱养家,但三个月不曾打牙祭,,心里总有点儿难过;尤其是每次在路上行动时,没有钱买草鞋和买香烟吃。不关饷,那真是要我们的命啊!

"不要问,到衡州一定发!"官长们又传下话儿来了。

"到衡州?操他的奶奶,准又是骗我们的!"我们的心里尽管不相信,但又有什么办法呢?"好吧!看你到了衡州之后,又用什么话来对付我们!"

再出发到衡州去,是到了宝庆的第六天的早晨。果然,我们又看见两个长伕从团部里杭唷杭唷地把那四个木箱挑回了,而且木箱上还很郑重地加了一张团部军需处的封条。

"是洋钱吗?"我们急急忙忙地向那两个长伕问。

长伕们没有作声,摇了一摇头,笑着。

"是什么呢?狗东西!"

"是——封了,我也不晓得啊!"

这两个长伕,是刚刚由宝庆新补过来的,真坏!老是那么笑嘻嘻地,不肯把箱中的秘密向我们公开说。后来,恼怒了第三班的一个叫做"冒失鬼"的家伙,提起枪把来硬要打他们,他们才一五一十地说出来了。

他们说:他们知道,这木箱里面并不是洋钱;而是那个,那个……他们是本地人,一闻气味就知道。这东西,在他们本地,是不值钱的。但是只要过了油子岭的那个叫做什么局的关卡,到衡州,就很值钱了。

本来，他们平日也是靠偷偷地贩卖这个吃饭的，但是现在不能了，就因为那个叫做什么局的关卡太厉害，他们有好几次都被查到了，挨打，遭罚，吃官司。后来，那个局里的人也大半都认识他们了，他们才不敢再偷干。明买明贩，又吃不起那个局里的捐税钱。所以，他们没法，无事做，只好跑到我们这部队里来做个长伕……说着，感慨了一阵，又把那油子岭的什么局里的稽查员们大骂了一通……

于是，我们这才不被蒙在鼓里，知道了达到宝庆不发饷的原因，连长和军需正们鬼鬼祟祟的内幕……

"我操他的奶奶啊，老子们吃苦他赚钱！"那个叫做冒失鬼的，便按捺不住地首先叫骂起来了。

三、骄　傲

因为听了长伕们的话，使我们对于油子岭这个地方，引起了特殊浓厚的兴趣。

离开宝庆的第二天，我们便到达这油子岭的山脚了。那是一座很高很高的山，横亘在宝庆和衡州的交界处。山路崎岖曲折，沿着山，像螺丝钉似的，盘旋上下。上山时，只能一个挨一个地攀爬着，并且还要特别当心。假如偶一不慎，失脚掉到山涧里，那就会连尸骨都收不了的。

我们每一个人都小心翼翼地攀爬着。不敢射野眼，不敢作声。官长们，不能骑马，也不能坐轿子；跟着我们爬一步喘一口气，不住地哼着"嗳哟！嗳哟！"如果说，官长与当兵的都应该平等的话，那么，在这里便算是最平等的时候。

长伕们，尤其是那两个新招来的，他们好像并不感到怎样的痛苦。挑着那几个木箱子，一步一步地，从来没有看见他们喘过气。也许是他们的身体本来就比我们强，也许是他们往往来来爬惯了。总之，他们是有着他们的特殊本事啊！

停住在山的半腰中，吃过随身带着的午饭，又继续地攀爬着。一直爬到太阳偏了西了，我们才达到山顶。

"啊呀！这样高啦！我操他的祖宗！……"俯望着那条艰险的来路，和四围环抱着的低山，我们深深地吐了一口恶气，自惊自负地，骂起来了。

在山顶，有一块广阔的平地，并且还有十来家小小的店铺。那个叫做什么局的关卡，就设立在这许多小店铺的中间。关卡里一共有二十多个稽查员，一个分局长，五六个士兵，三五门土炮。据说：设在衡州的一个很大的总局，就全靠这么一个小关卡收入来给维持的。

想起了过去在这儿很多次的挨打，被罚，吃官司，那两个长夫都愤慨起来了。他们现在已经身为长夫，什么都"有所恃而不恐"了，心里便更加气愤着。当大队停在山顶休息的时候，他们两个一声不响地，挑着那四个木箱子，一直停放到关卡的大门边。一面用手指着地上的箱子，一面带着骄傲的，报复似的眼光，朝那里面的稽查和士兵们冷笑着。意思就是说："我操你们祖宗啊！你还敢欺侮老子吗？你看！这是什么东西？你敢来查？敢来查？……"

里面的稽查和士兵们，都莫明其妙地瞪着眼睛，望着这两个神气十足的久别了的老朋友，半晌，才恍然大悟，低着头，怪难为情的：

"朋友，恭喜你啊！改邪归正，辛苦啦！"

"唔！……"长夫们一声冷冷的加倍骄傲的回答。

四、捉刺客

到了衡州之后，因师部的特务连被派去"另有公干"去了，我们这一连人，就奉命调到师部，作了师长临时的卫队。

师部设立在衡州的一个大旅馆里。那地方原是衡州防军第××团的团本部。因为那一个团长知道我们只是过路的，寻不到地方安顿，就好意地暂时迁让给我们了。师部高级官长都在这里搭住着。做卫队的连部和其他的中下级官员，通统暂住在隔壁的几间民房中。

我们，谁都不高兴，主要的原因，还是没有关着饷。说了的话不算，那原是官长的通常本领。但是这一回太把我们骗得厉害了，宝庆，衡州……简直同哄小孩子似的。加以，我们大都不愿意当卫队，虽说是临时性质，但"特务连"这名字在我们眼睛里，毕竟有点近于卑劣啊！

"妈的！怕死！什么兵不好当，当卫队？……"

因此，我们对于卫兵的职务，就有点儿不认真了，况且旅馆里原来就有很多闲人出入的。

没有事，我们就找着小白脸儿的马弁们来扯闲天。因为这可以使我们更加详细地知道师长是怎样一个人物：欢喜赌钱，吃酒，打外国牌；每晚上没有窑姐儿睡不着觉；发起脾气来，一声不响，摸着皮鞭子乱打人……

日班过去了。

大约是夜晚十二点钟左右了吧，班长把我们一共四五个从梦中叫醒，三班那个叫做冒失鬼的也在内。

"换班了，赶快起来！"

我们揉了揉眼睛，怨恨地：

"那么快就换班了！我操他的祖宗！……"

提着枪，垂头丧气地跑到旅馆大门口，木偶似地站着。眼睛像用线缝好了似地，老是睁不开，昏昏沉沉，云里雾里……

约莫又过了半个钟头模样，仿佛看见两个很漂亮的窑姐儿从我们的面前擦过去了。我们谁也没有介意，以为她们是本来就住在旅馆里的。后来，据冒失鬼说：他还看见她们一直到楼上，向师长的房间里跑去了。但是，他也听见马弁们说过，师长是每晚都离不了女人的，而且她们进房时，房门口的马弁也没有阻拦。当然，他不敢再作声了。

然而，不到两分钟，师长的房间里突然怪叫了一声——"捉刺客呀！——"

这简直是一声霹雳，把我们的魂魄都骇到九霄云外去了。我们惊慌失措地急忙提枪跑到楼上，马弁们都早已涌进师长的房间了。

师长吓得面无人色。那两个窑姐儿，脱下了夹外衣，露出粉红色小衫子，也不住地抖颤着。接着，旅馆老板、参谋长、副官长、连长……通统都跑了拢来。

"你们是做什么的？"参谋长大声地威胁着。

"找，找，张，张，张团长的！……"

"张团长？"参谋长进上一步。

"是的，官长！"旅馆老板笑嘻嘻地，"她们两个原来本和张团长相好。想，想必是弄错了，……因为张团长昨天还住这房间的。嘻！嘻嘻嘻——"

师长这个时候才恢复他的本来颜色，望着那两个女人笑嘻嘻地：

"我睡着了，你们为什么叫也不叫一声就向我的床上钻呢？哈哈！……"

"我以为是张，张……"

"哈哈！哈哈……"又是一阵大笑。接着便跑出房门来对着我们："混账东西！一个个都枪毙！枪毙……假如真的是刺客，奶奶个雄，师长还有命吗！奶奶个雄！枪毙你们！跪下！——"

我们，一共八个，一声不做地跪了下来，心里燃烧着不可抑制的愤怒的火焰，眼睛瞪得酒杯那么大。冒失鬼更是不服气地低声反骂起来：

"我操你祖宗……你困女人我下跪！我操你祖宗！……"

五、不准拉伕

"我们是有纪律的正式队伍，不到万不得已时不准拉伕的。"

官长们常常拿这几句话来对我们训诫着。因此，我们每一次的拉伕，也就都是出于"万不得已"的了。

大约是离开衡州的第三天，给连长挑行李的一个长伕，不知道为什么事情，突然半路中开小差逃走了。这当然是"万不得已"的事情喽，于是连长就吩咐我们拣那年轻力壮的过路人拉一个。

千百只眼睛,像搜山狗似地,向着无边的旷野打望着。也许是这地方的人早已知道有部队过境,预先就藏躲了吧,我们几个人扛着那行李走了好几里路了,仍旧还没有拉着。虽然,偶然在遥远的侧路上发现了一个,不管是年轻或年老的,但你如果呼叫他一声,或者是只身追了上去,他就会不顾性命地奔逃,距离隔得太远了。无论怎样用力都是追不到的。

又走了好远好远,才由一个眼尖的,在一座秋收后的稻田中的草堆子里,用力地拉出了一个年轻角色。穿着夹长袍子,手里还提着一个药包,战战兢兢地,样子像一个乡下读书人模样。

"对不住!我们现在缺一个长佚,请你帮帮忙……"

"我,我!老总爷,我是一个读书人,挑,挑不起!我的妈病着,等药吃!做做好……"

"不要紧的,挑一挑,没有多重。到前面,我们拿到了人就放你!"

"做做好!老总爷,我要拿药回去救妈的病的,做做好!……"那个人流出了眼泪,挨在地下不肯爬起来。

"起来!操你的奶奶!"连长看见发脾气了,跳下马来,举起皮鞭子向那个人的身上下死劲地抽着。"敬酒不吃,吃罚酒!我操你个奶奶……"

那个人受不起了,勉强地流着眼泪爬起来,挑着那副七八十斤重的担子,一步一歪地跟着我们走着,口里不住地"做做好,老总爷!另找一个吧!"地念着。

这,也该是那个人的运气不好,我们走了一个整日了,还没有找到一个能够代替他的人。没有办法,只好硬留着他和我们住宿一宵。半晚,他几次想逃都没有逃脱,一声妈一声天地哭到天亮。

"是真的可怜啊!哭一夜,放了他吧!"我们好几个人都说。

"到了大河边上一定有人拉的,就让他挑到大河边再说吧。"这是班长的解释。

然而,到底还是那个家伙太倒霉,大河边上除了三四个老渡船夫以外，连鬼都没有寻到一个。

"怎么办呢？朋友，还是请你再替我们送一程吧！"

"老总爷呀！老总爷呀！老总爷呀！做做好，我的妈等药吃呀！"

到了渡船上，官长们还没有命令我们把他放掉。于是，那个人就急得热锅上的蚂蚁似地，满船乱撞。我们谁也不敢擅自放他上岸去。

渡船摇到河的中心了，那个也就知道释放没有了希望。也许是他还会一点儿游泳术吧，灵机一动，趁着大家都不提防的时候，扑——通——一声，就跳到水中去了！

湍急的河流，把他冲到了一个巨大的漩涡中，他拚命地挣扎着。我们看到形势危急，一边赶快把船驶过去，一边就大声地叫了起来：

"朋友！喂！上来！上来！我们放你回去！……"

然而，他不相信了。为了他自身的自由，为了救他妈的性命，他得拚命地向水中逃！逃……

接着，又赶上一个大大的漩涡，他终于无力挣扎了！一升一落，几颗酒杯大的泡沫，从水底浮上来；人，不见了！

我们急忙用竹篙打捞着，十分钟，没有捞到，"不要再捞了，赶快归队！"官长们在岸上叫着。

站队走动之后，我们回过头来，望望那淡绿色的湍急的涡流，像有一块千百斤重的东西，在我们的心头沉重地压着。

有几个思乡过切的人，便流泪了。

六、发饷了

"发饷了！"这声音多么的令人感奋啊！跑了大半个月的路，现在总该可以安定几天了吧。

于是，我私下便计算起来：

"好久了，妈写信来说没有饭吃，老婆和孩子都没有裤子穿！……自己的汗衫已经破得不能再补了；脚上没有厚麻草鞋，跑起路来要给尖石子儿刺烂的。几个月没有打过一回牙祭，还有香烟……啊啊？总之，我要好好地分配一下。譬如说：扣去伙食，妈两元，老婆两元，汗衫一元，麻草鞋……不够啊！妈的！总之，我要好好地分配一下。"

计算了又计算，决定了又决定，可是，等到四五块雪白的洋钱到手里的时候，心里就又有点摇摇不定起来。

"喂！去，去啊！喂！"欢喜吃酒的朋友，用大指和食指做了一个圈儿，放在嘴巴边向我引诱着。

"没有钱啊！……"我向他苦笑了一笑，口里的涎沫便不知不觉地流了出来。

"喂！"又是一个动人的神秘的暗示。

"没有钱啦！谁爱我呢？"我仍旧坚定我的意志。

"喂！……"最后是冒失鬼跑了过来，他用手拍了一拍我的肩。"老哥，想什么呢？四五块钱干鸡巴？晚上同我们去痛快地干一下子，好吗？"

"你这赌鬼！"我轻声地骂了他一句，没有等他再做声，便独自儿跑进兵舍中去躺下了。像有一种不可捉摸的魔力，在袭击我的脑筋，使我一忽儿想到这，一忽儿又想到那。

"我到底应该怎样分配呢？"我两只眼睛死死地盯住那五块洋钱。做这样，不能。做那样，又不能。在这种极端的矛盾之下，我痛恨得几乎想把几块洋钱扔到毛坑中去。

夜晚，是十一点多钟的时候，冒失鬼轻轻地把我叫了起来。"老哥，去啊！"

我只稍稍地犹疑了一下，接着，便答应了他们。"去就去吧！妈的，反正这一点鸡巴钱也作不了什么用场。"

我们，场面很大，位置在毛坑的后面，离兵舍不过三四十步路。戒备也非常周密，三步一岗，五步一哨。只要官长们动一动，把风的就用暗号告诉我们，逃起来，非常便利。

"喂！天门两道！"

"地冠！和牌豹！"

"喂！天门什么？"冒失鬼叫了起来。

"天字九，忘八戴顶子！"

"妈的！通赔！"

洋钱，铜板，飞着，飞着，……我们任情地笑，任情地讲。热闹到十分的时候，连那三四个轮流把风的也都按捺不住了。

"你们为什么也跑了来呢？"庄家问。

"不要紧，睡死了！"

于是，撤消了哨线，又大干特干起来。

"天冠！……"

"祖宗对子！……"

正干得出神时候，猛不提防后面伸下来一只大手把地上的东西通统按住了。我们连忙一看——大家都吓得一声不响地站了起来。

"是谁干起来的？"连长的面孔青得可怕。

"报告连长！是大家一同干的！"

"好！"他又把大家环顾了一下，数着："一，二，三……好，一共八个人，这地上有三十二块牌，你们一人给我吃四块，赶快吃下去。"

"报告连长！我们吃不得！"是冒失鬼的声音。

"吃不得？枪毙你们！非吃不可！——"

"报告连长！实在吃不得！"

"吃不得？强辩！给我通统绑起来，送到禁闭室去！……"

我们，有的笑着，有的对那几个把风的埋怨着，一直让另外的弟兄们把我们绑送到黑暗的禁闭室里。

"也罢，落得在这儿休息两天，养养神，免得下操！"冒失鬼说着，我们大伙儿都哑然失笑了。

流　亡

一、在第二道战壕里

　　苦战两日夜，好容易保全了性命，由第一防线退换到第二道战壕里时，身体已经不是我们自己的了。耳朵听不见，眼睛看不见，天地好像在打旋转。浑身上下，活像橡皮做的，麻木，酸软，毫无力气。口里枯渴得冒出青烟。什么都不想了：无论是鲜鱼，大肉，甘醇的美酒，燕山花似的女人……。

　　"天哪！睡他妈的一礼拜！……"

　　然而，躺下来，又睡不着。脑子里时刻浮上来一些血肉模糊的幻影，刺骨的疼痛，赶都赶不开。有的弟兄们，偶一睁开眼睛，寻不见他那日常最亲切的同伴了，便又孩子似地哭将起来。

　　"李子和呀！你死的苦啦……"

　　"刘国杰呀！……你妈妈前几天还写了信来叫你回去啦！……"

　　声音都是那么悲惨的，然而又不能制止。像有一根无形的带子，牢牢地，凄切地系住着大家的心！

　　第二道战壕和前线相差不过一里多路，敌人的流弹时刻还可以飞到我们的面前。在炊事兵送上午饭的时候，官长们再三嘱咐我们：无事不要自由走动，好好地养养神，等候着第二次上前的命令。

　　"鬼话啊，妈的！"低声的，这是照例的反驳。有的甚至于还故意装做不屑听的神气,哼着鼻子,意思是:"在火线上啦!妈的,我比你大!……"

之后,仍旧各自躺将下来,在那肮脏的稻草和泥土上,睡的睡,哭的哭;或是举着那带血的眼睛,失神地盯住着惨白的云天,想念着家乡,故旧……

"喂!来呀,李金标!"张班长睡不着,无聊地爬起来了,叫着,"猜拳吗?"

"没有心思啊!班长。"李金标苦笑了一下,摇摇头,随即伸手到裤裆里捉出一个蛮大的白虱来,送到嘴边咬碎了。

班长感到非常扫兴,掉过头来,又:

"黄文彬,你呢?"

"不,班长!"我说(我的嗓子是沙的),"猜拳不够味儿,让我去把第三班的那几个睡死鬼叫来……"我无力地举起手中的洋瓷碗,骄傲地笑笑。

"鬼东西!"班长会意了。

这引诱力,的确大得怕人啊。在往常,谁还敢呢?当我一个一个去推醒那些睡死鬼的时候,只要他们会意了我的手势,没有一个不笑嘻嘻的。他们会拚死拚活地爬起来,想什么的,不想了;欲哭的,也不哭了;十多个人都抱着枪,跟着我围上一个小小的圈儿,外加上那一群不惯这玩意儿的看客。是啊,大家是要借此可以将目前的痛苦忘却呢!

"谁做宝官呢?"

"不要闹,"我说,"让张班长来!"

场面最初是很小的。因为在上火线的前一日,每个人发了两块钱的借支,阵地上没有东西买,还留着,后来便渐渐地干得大起来了。

铜板,光洋,飞着,滚着!……我们任情地说,任情地笑……

特务长走过来,我们笑着向他点点头,邀他也参加一注;排长走过来,我们不理;最后,连长和值星官也都不放心地跑来了。

连长怪生气的,他作出那赶鸡鸭似的手势,恨恨地盯着我们;值星官拿着皮鞭子在空中挥舞着,但不敢打下来。我们,似乎也越干越有劲。谁理他呢?这个时候,我们是应该骄傲啊!

互相对抗了一会,默默地;终于,连长软下来了。他战声地向我们解说着:在火线上,这样干是太不应该的!营连和团长知道了,一定要责罚他,这无异是和他连长一个人作对!……加以,敌人时刻都在注意我们的阵地,几十个人挤成一道,恰巧是给了敌人一个大大的目标!……

我们暂时停住了,都想趁这机会向他放肆反攻几句,气气他;可是,谁都不愿意先开口。

等着正有人准备答话;突然——一颗巨大的炮弹飞过来,在离战壕三四丈远的荒场炸裂了!我们的心头立时紧急着,连长接着便发疯似地怒吼起来:

"还不散开!枪毙!不听话!……"

大家一窝蜂似地散开了!我连忙偷偷地摸着那只洋瓷碗,望张班长做了个鬼脸儿,提着枪,便轻轻地爬到了战壕的最深处。

二、袭 击

也许是在夜深的缘故吧,不知道为什么,我们每个人的心里,都觉得格外地凄惶。这时候,双方的枪声却没有响了。月亮冲出那浓密的云围,黯然地,高高地笼罩着这荒凉的世界。那冲淡的远山,那长空悲唳的孤雁,……露水,点滴地湿透了我们的心。子弹硌着我们的脊背,枪抱在怀中,想憓然入梦吧,可是,梦全是恐怖的,心灵已经吓碎了!

很多人还睁开着眼睛,盯住着长天;而且,还能从那些变幻的云朵里,层层地,抄出来一些教人寻思的线索。只有这个时候,才万籁无声,可以将思潮回溯得长远。从孩提时代,从故乡,从朋友,从日常生活中的苦痛,一直追忆到现在,又由现在推测到明天,到艰难险恶的来日……渐渐地,有些弟兄们的身子发抖了。

叶　紫

这，尤其是整天的恶战所影响于我们的，使我们不得不惶悚。事实，这样艰辛、非人的生活，一年半载……两元钱！家中的娘，老婆，孩子，……我们的心头的忧愤！何况，那些不幸的兄弟，那些血肉模糊的幻影，还时刻会惊心动魄地，在我们的面前闪动起来，激昂地，悲痛地，勾引着我们的眼泪呢！

啊，夜啊！这荒凉，冷酷的夜啊！

是三更时候了吧，看月光的地位。官长们，轻轻地，神秘地传诵着命令，将我们从幻念中惊醒。揉揉眼睛，耗子似地提着枪，卷着那破碎的军毯，偷偷爬出战壕，轻悄地蠕动着。

最初，弯腰，快步，沿着一条草丛的小道路过。露水洒遍着我们的下身，凉到脑顶，心中紧促到不能呼吸。到这一刹那间，我们谁都是小心地，惶恐地，疑注着我们的前路。命运，已经变成了一个鼓胀过度的气球，只要偶一不慎，便有即时破灭的危险！

渐渐，渐渐……由侧方越过第一道防线，跟着侦探尖兵和前卫，向目标移近一步，两步地。有时候，大家都得把身子伏下来，将耳朵贴在地上，听着；连呼吸都得小声。一直要到详细地知道了：前面并无敌人发现，才又继续地蠕动，攀爬……

大约，离开我们第一道战壕已经很远了呢，可是我们却还没有发现敌人。官长们注意了缜密的联络，又加厚了侦探兵……

我们重新地又被命令着匍匐在地上。

"这是怎么一回事呢？妈的！"我们的心灵抖战着！

月亮西斜，看看欲被一阵浓云吞没；我们也就跟着不安地加上一层黯淡了。眼前的景物，会更加觉得朦胧，可怕！

"难道就露营在这里了吗？"是谁在哼，那声音，比蚊子还细。

"是呀！"我更小声地说，"又没有看见敌人……"

还有人也正想接着谈下去；可是，班长们已经个别地在传诵官长的命令了。这回却是——

"准备！起来！迅速前进……"

奔赴到一个小山底下,我们终于遇着了敌人。

枪声,炮声……流弹像彗星拖着尾巴。

三、负伤后所见到的

当我清醒过来了,从树林里面钻出来时,我已经瞧不见我们的大队。秋阳和暖地爬上了树顶,眼前的世界照耀得明明白白。我把裹脚撕下一块来,忍痛地将血糊的左手包扎好,匆匆地便去追寻我们的部队。

夜里的印象,像一幅只褪了一半色的惨痛的图画,开展在我的面前:一段是清晰的,一段却模糊了。我不知道我为什么会躲到林子里去的。当战斗猛烈的时候,我还记得:我们的确是像打胜了。弟兄们死伤得很多。后来,似乎又追了一阵,我的手便是在那个时候带花的。但,我为什么要躲到林子里去呢?这似乎是一个谜!我不相信我的手痛得会把我的神经错乱得那么厉害,我更不相信有鬼。然而,我把那进林子的动机忘记得干干净净,却又是真的。

我轻了一轻弹带,把枪倒挂在肩头上,下意识地来回想着夜里的事情。手指依然痛得发战,左手完全拖下来了;像有一把利刃从左臂上一直剖刺到我的心,我的眼泪都要流了出来。我咬紧着牙门,一步高一步低地走着。

远远地瞧不见一个人影子,旷野完全现出一种战后的荒凉气(比夜间还要厉害些)。我隐约地寻觅着夜间的来路,我想能够找到一点什么可堪纪念的战后的痕迹,或者竟能在那些痕迹里,推寻到我们大队的去向亦来可知。然而我的心思却是白费了;沿途除了偶然发现几颗弹壳,三五堆稻草和一些残余的血渍,却什么都没有寻到。我知道,这个时候大队一定去的很远了,不是连死伤的都被担架队运救得干干净净了吗?我不由的又后悔不该躲到林子里躲那么久的,弄得连问个讯都问不到。

漫无目的地,走一会又休息一会。偶然发现了一个小屋子,跑去一看，却又是空的。肚饿，口渴，差不多弄得头昏眼花了。又好久好久，才在一个极为人不注目的偏僻处，找到了一个蓄水的池塘。我连忙解下洋瓷碗，去瓢取了一碗水上来，慢吞吞地喝着。

"啊啊……哟！……"

微风从池塘的对面，吹过来一阵细微的悲切声，把我吓了一跳。我急忙系好碗，兜子一个圈子，跑到那发出声音的地方——

一个浑身沾满泥土和血渍的人，仆卧在地下。

"喂，喂！你，谁呀？"我说。

"啊啊……哟！……"

"不能作声了吗？"我弯腰下去，伸开右手扳着他的肩膀，脚勾着他的腰下，用力地替他转了一个翻身。

"啊啊……哟！……"

我再低头去端详他胸前的番号，却原来是敌人部队卫的马夫，胸前和腿子都穿了个洞。

"你怎么弄的呢？"

"我，我……救，救！……水，水……"

"你要吃水吗！……"

"救，救……"声音又渐渐地低下去了。

后来，我用了各种各样的方法，知道了他也是昨晚带花的，因为伤不到要害，所以还不曾死。他忍不住痛，他口渴得要命，他拚命地爬到了这池塘边，想捞一点水喝，却不提防痛昏了，仆转去爬不转来。现在，他要求我救救他，他说：他家中还有五六十岁的老母……

一个人无论伤病到什么程度，明明知道已经没有救药了，却还是贪生的。我对马夫起了不可抑止的同情悲感。但是，我有什么办法呢？在这荒凉的旷野，担架队已经不见了踪迹。我沉思了一会儿，突然，一种残忍的，毒恶的心理，激荡了我的灵魂。我想把他推到水里去！或者再补上一枪，把他结果了，免得延长苦痛！……然而，我终于没有那样做，因为我的手脚会不知不觉地发着酸。

"好吧，你再等一等啊！我去多叫几个人来……"

"修，修……好！……"他感激地点点头，流出了最后的一滴眼泪！

我仓皇失措地，像离开了一场大祸，头也不回，就翻身逃跑了，似乎后面还有人在追着。沿路上，我望着我那只还在不住疼痛的左手，心中不觉得又是一阵惊悸！

然而，"我今天到什么地方去落脚呢？"一想到这里，便又立刻慌乱起来，把那垂危的马夫的印象淡忘了。

四、解除武装了

当我被那四五个民团解除了武装，用绳子缚住的时候，我的心，反而觉得泰然起来了。我知道，同他们去，无论如何一顿饭是少不了要给我吃的，说不定还有香烟抽，还可以好好地睡他妈的一觉。

四五个人中间，只有一个年纪比较很大了的瘦长子和我最说得来。他肩挨肩地伴着我走着。他说：并不是他们弟兄几个故意地要和我为难，他们实在是奉了民团局的命令。他们从五更时候起，一百多人分途在这战区里，搜查了不少的溃兵，和运救伤亡者。这老家伙有一口道地的湖南话，所以和我越说越带劲。

我告诉了他们负伤后落伍的一切情况，并且还说到了在池溏边见到的那个马夫，要求他们去营救。我又说我的肚皮饿得十分厉害了，跟他们去是不是可以饱吃一餐？他们都笑着。

"把我们都捉到你们局里去怎么办呢？"

"不知道啊！大约还是送你们回队吧。"

"回队？"我似乎有些不安了，虽然我也还想回队去，但我却吃不住那沉重的苦头。实在的，我对这千辛万苦的部队生活，渐渐地有些动摇起来了，不过我此时还没有找到一条能比部队生活良好的出路。

我和他们又谈了一些其他的物事，特别是关于他们民团的生活的。

他们似乎也对于他们的生活感到厌倦,但那不过是十分模糊的一点儿意思而已。主要的是他们也和我一样,不能找到其他的生活,做一日和尚撞一日钟,何况做民团还比较在部队里生活安稳。

民团局设在一个小乡镇的关帝庙里,那里面已经收容了二十来个伤兵溃兵,有敌人,也有我们自家的兄弟。

我一进去,便看见了两个熟人——张班长和一个姓林的号目。

"你也带花了吗,班长?"

"不,我是在夜间落伍的。老林,他伤了腿子。"

我便从他和老林的口中,得到了一点关于部队的消息:是敌人退了,我们跟着追上去,已经很远很远了。

无聊地躺着,喝着,那民团局长却不敢苛待我们。第三天,便传命令召集我们训话了。

毫无血色的脸,说一句话打一个呵欠。

"……你们兄弟,是很辛苦的,我知道。……大家都是替国家出力……譬如说;我当局长,我,我也是蛮辛苦的……嗯!嗯!……"停了一会,打过一个长长的呵欠,用耗子似的眼光望望我们,又说:"受伤的兄弟,我可以送你们到后方医院里去……不曾受伤的,明天,一齐都遣回你们的部队!嗯!嗯!……"

"报告局长!我们不愿意回部队!"

"谁呀?"

"我!我叫黄文彬,我是前天被你们捉来的。"

"我也不愿意回去!"张班长附和了,他是因为没有负伤,怕回去的时候,官长们会无理地捉住他做逃兵办。

"好的,不愿意回去的都站出来!"

我们,一共有五个人:张班长,我,还有三个不认识的兄弟。老林不能走动,只好随便他们。

"你们为什么不愿意呢?"

"没有为什么!"那另外的三个弟兄说,"我们要回家!"

"好的,你们去吧!"局长把手一挥,不高兴地走进后院去了。

"那么,我们的枪呢?"

"什么枪?滚!……把枪交给你们去当土匪吗?"

五个人,气愤愤地被几个凶恶的民团,赶出了那关帝庙的大门,踏上那艰难的,渺茫的前路。

"没有了枪,哪里去呢?"张班长有点慌张了。

"不要紧!"我说,"只要有活命,还怕没有饭吃!"

张班长点点头,表示了无限的勇气。郑重地和那三个同一命运的兄弟道别之后,便开始了我们那漫无止境的流亡。

叶 紫

夜的行进曲

  为了避免和敌人的正面冲突,我们绕了一个大圈子,退到一座险峻的高山。天已经很晚了,但我们必须趁在黎明之前继续地爬过山去,和我们的大队汇合起来。我们的一连人被派作尖兵,但我们却疲倦得像一条死蛇一样,三日三夜的饥饿和奔流的劳动,像一个怕人的恶魔的巨手,紧紧地捏住着我们的咽喉。我们的眼睛失掉神光了,鼻孔里冒着青烟,四肢像被抽出了筋骨而且打得稀烂了似的。只有一个共同的、明确的意念,那就是:睡,喝,和吃东西。喝水比吃东西重要,睡眠比喝水更加重要。

  一个伙夫挑着锅炉担子,一边走一边做梦,模模糊糊地,连人连担子通统跌入了一个发臭的沟渠。

  但我们仍旧不能休息。而且更大的,夜的苦难又临头了。

  横阻在我们面前的黑魆魆的高山,究竟高达到如何的程度,我们全不知道。我们抬头望着天,乌黑的,没有星光也没有月亮。不知道从什么地方才能够划分出天和山峰的界限。也许山峰比天还要高,也许我们望着的不是天,而仅仅只是山的悬崖的石壁。总之——我们什么都看不见。

我们盲目地，梦一般地摸索着；一个挨一个地，紧紧地把握着前一个弟兄的脚步，山路渐渐由倾斜而倒悬，而窄狭而迂曲，……尖石子像钢刺一般地竖立了起来。

眼睛一朦胧，头脑就觉得更加沉重而昏聩了。要不是不时有尖角石子划破我们的皮肉，刺痛我们的脚心，我们简直就会不知不觉地站着或者伏着睡去了的。没有归宿的、夜的兽类的哀号和山风的呼啸，虽然时常震荡着我们的耳鼓，但我们全不在意；因为除了饥渴和睡眠，整个的世界早就在我们的周围消失了。

不知道是爬在前面的弟兄们中的哪一个，失脚踏翻了一块大大的岩石什么东西，辘辘地滚下无底洞一般的山涧中了。官长们便大发脾气地传布着命令：

"要是谁不能忍耐，要是谁不小心！……要是谁不服从命令！……"

然而接着，又是一声，两声！……夹着锐利的号叫，沉重而且柔韧地滚了下去！

这很显然地不是岩石的坠落！

部队立时停顿了下来。并且由于这骤然的奇突的刺激，而引起了庞大的喧闹！

"怎样的？谁？什么事情！……"官长们战声地叫着！因为不能爬越到前面去视察，就只得老远地打着惊悸的讯问。

"报告：前面的路越加狭窄了！……总共不到一尺宽，而且又看不见！……连侦探兵做的记号我们都摸不着了！……跌下去了两个人！……"

"不行！……不能停在这里！"官长们更加粗暴地叫着，命令着。"要是谁不小心！……要是谁不服从命令！……"

"报告——实在爬不动了！肚皮又饿，口又渴，眼睛又看不见！"

"枪毙！谁不服从命令的？"

三四分钟之后，我们又惶惧、机械而且昏迷地攀爬着。每一个人的身子都完全不能自主了。只有一个唯一的希望是——马上现出黎明，马上爬过山顶，汇合着我们的大队，而不分昼夜地，痛痛快快地睡他一整星期！

当这痛苦的爬行又继续了相当久的时间，而摸着了侦探尖兵们所留下的——快要到山顶了的——特殊的记号的时候，我们的行进突然地又停顿起来了。这回却不是跌下去了人，而是给什么东西截断了我们那艰难的前路！

"报告——前面完全崩下去了！看不清楚有多少宽窄！一步都爬不过去了！……"

"那么，侦探兵呢？"官长们疑惧地反问。

"不知道！……"

一种非常不吉利的征兆，突然地刺激着官长们的昏沉的脑子！"是的，"他们互相地商量，"应当马上派两个传令兵去报告后面的大队！……我们只能暂时停在这里了。让工兵连到来时，再设法开一条临时的路径！……也许，天就要亮了的！……"

我们认为这是一个意外的，给我们休息的最好机会，虽然我们明知危险性非常大！……我们的背脊一靠着岩壁，我们的脚一软，眼睑就像着了磁石一般地上下吸了拢来，整个的身子飘浮起来了。睡神用了它那黑色的，大的翅翼，卷出了我们那困倦的灵魂！

是什么时候现出黎明的，我们全不知道。当官长命令着班长们各别地拉着我们的耳朵，捶着我们的脑壳而将我们摇醒的时候，我们已经望见我们的后队蜿蜒地爬上来了，而且立时间从对面山巅上，响来了一排斑密的，敌人的凶猛的射击！

"砰砰砰……"

我们本能地擎着枪，拨开了保险机，听取着班长们传诵的命令。因为找不到掩护，便仓皇而且笨重地就地躺将下来，也开始凶残地还击着！……

感想·意见·回忆

　　四年前的"一·二八",我正在××公安局当警察,因为用不到我们上前线去,便只好日夜不停地在后方做维持治安的工作——捉汉奸!
　　那时候只有捉汉奸和杀汉奸是最快人心的事。我记得,我们每次捉到一个或者两三个专门掼炸弹的汉奸去枪毙时,我们的后面总要跟上成千上万的群众,大声地喊打,喊杀!拍掌,欢呼!……有的甚至于还亲自拿着小刀子,到枪毙后的汉奸的尸身上去戮,去割,去挖他们的心肝!……
　　三年前的"一·二八",我虽没有当警察,但心还是热的。因为要大家长期抵抗,于是汉奸也跟着减轻了罪:游街,戴高帽子,站木笼示众!……我虽然没有亲自动手去捉,但究竟还能认识他们是汉奸。群众们也还是一样地拍手,欢呼!喊打,喊杀……但已经看不到枪毙,割肉和挖心肝了。
　　两年前的"一·二八",我提笔走上文艺界,心似乎也很平淡了。但究竟还有一些"爱国青年"们组织什么除奸团,跪哭队之类的东西专门和汉奸们作对,开玩笑,使他们常常要受点儿惊吓,吃点儿麻烦……奸商们甚至还要花几文钱去登一登报:"鄙人并非汉奸,请君不要误会！爱国岂敢后人，自有良心为证！"……

　　一年前的"一·二八"，我的心不知怎样的，渐渐地由平淡而变为冷静了。这对汉奸们已由无罪而变为有功。作官的作官，享福的享福！"汉奸"这名语，根本就不存在了。如果你要说他一声"汉奸"，那么你就是汉奸的汉奸——

　　今年的"一·二八"呢？我的心也就由冷静而变得更冷，冷成了冰凉了——不错，这正是奴隶的心！

还乡杂记

一、湖上

　　太阳快要挤到晚霞中去了，只剩下半个淡红色的面孔；吐射出一线软弱的光芒，把我和我坐的一只小船轻轻的笼罩着。风微细得很，将淡绿色的湖水吹起一层皱纹似的波浪。四面毫无声息。船是走得太迟缓了，迟缓得几乎使人疑心它没有走。像停泊着在这四望无涯的湖心一样。

　　"不好摇快一点吗？船老板。"

　　"快不来啊！先生。"船老板皱着眉头苦笑了一笑。

　　我心里非常难过，酸酸地，时时刻刻想掉下泪来，什么缘故？连我自己也说不清楚，不过，我总觉得这么一次的转念还乡，是太出于意料之外了。故乡，有什么值得我的怀恋的呢？一个没有家，没有归宿的年轻孩子，飘流着在这一个吃人不吐骨子的世界；家、故乡、归宿，什么啊？这些，在我的脑子里，是找不出丝毫痕迹的。我只有一股无名的悲愤，找不到发泄的无名的悲愤；对故乡，对这不平的人世，对家，也对自己。

　　然而，我毕竟是叫了一只小船，浮在这平静的湖水中，开始向故乡驶去了。为什么呢？单纯的友谊吧？是的，如果朋友们都健康无恙，也许我还不至于转念还乡，不过，这只是一个片面的原因啊。还有什么呢？隐藏着在我的心中的，是一种说不出来的酸楚。我牢牢地闭着眼睛，把一个为儿子流干了老泪的，白发的母亲的面容，搬上了我的脑海。

我又重新地感受到烦躁和不安。

我轻轻地从船舱中钻出来，跳到船头上。船老板望着我做了一个"当心掉下水去"的眼色，我只点了一点头，便靠着船篷，纵眼向湖中望去。

太阳已经全身殒灭了。晚霞的颜色反映到湖面上成了一片破碎的金光。前路：什么都瞧不见，水平线上模糊的露出几片竹叶似的帆尖，要好久好久才能够看到那整个的船身出现，然后走近，掠过，流到后方……后方，便是我们这小船刚才出发的 X 县城了。虽然我们离城已有十来里路了，但霞光一灭，那城楼上面的几点疏星似的灯光，却还可以清晰的数得出来。

"啊！朋友们啊！但愿你们都平安无恙！"我望着那几点灯光默祝着，回头，我便向船老板问道：

"走得这样慢，什么时候才能够到豪镇呢？"

"急什么啊？先生。行船莫问。反正你先生今晚非到豪镇住宿一夜不可。到益县，要明天下午才有洋船呀。"

"是的！不过你也要快一点呀！"

船老板又对我苦笑了一笑。我们中间只沉默了四五分钟；然后，他便开始对我说了许多关于他们的生活的话。他说：他们现在的生意是比从前难做了。湖中的坏人一天一天的加多。渡湖的客人不大放心坐民船，都赶着白天的大洋船去了。所以他们一个月中间做不了几趟渡湖的生意。养不活家，养不活自己。虽然湖中常常有人来邀他入伙，但他不愿意干那个，那是太坏良心的事情…………

我没有多和他答话。一方面是我自家的心绪太坏了，说不出什么话来，一方面我对他这一席不肯入夥的话，也怀着一点儿"敬而远之"的恐怖的心境，虽然我除了一条破被头以外别无长物。

到豪镇是午夜十二点多钟了。我在豆大的油灯下数了三串铜板给他做船钱。他很恭敬地向我推让着：

"先生，多呢。两串就够了。"

"不要客气，太少了。"

他接着又望我笑了一笑，表示非常感激的样子。我这才深悔我刚才对他的疑心是有点太近于卑劣的。

二、在小饭店中

在小饭铺中，两天没有等到洋船，心里非常焦躁急。

豪镇，是一个仅仅只有十多家店铺的小口岸。因为地位在湖和江的交流处，虽然商业不繁盛，但在交通上却是一个非常重要的地方。

只有四五年不曾从此经过，情境是变得几乎使人认不出来了。几家比较大的商店都关了门，门上贴着各种各样的封条和债主们的告白。从门缝里望进去，里面阴森森，堆积着几寸厚的灰尘，除了几件笨重的什物以外，便什么都没有了。

小饭铺也比从前少了两三家，为的是生意太冷淡了。来往的客人，花二三百钱住宿是有的，吃饭的却一天到晚难遇到一两个。因为客人出门谁都愿带干粮，不愿花一千或八百钱来吃一餐饭。所以小饭铺也一天一天稀少了。就算是光留客人住宿吧，也还要自己家里有年轻的媳妇儿或女儿，在店外招揽客人才行啊。

我住的这一家小饭铺，是一个中年的寡妇开的。她有一个八岁的儿子和一个十一岁的童养媳。三个人的生活，总算还能够靠这小饭铺支持下来。

"你说你们的生意没有她们几家的好，那是什么原因呢？"实在闷得心焦起来了，我便开始和这中年的寡妇搭讪着。

"还有什么原因呢？她们家家都有年轻的标致的女人。"

"你为什么不也去找一两个来掌柜呢？""哪里找啊！自己，太老了，媳妇儿，太年轻了！唉！死路一条啊。先生！"

"死路一条？"我吃了一惊地瞪着眼睛望着她。她的脸色显得非常阴郁了。眼角上还滚出来一挂泪珠儿。

"是呀！三个人吃；还要捐，税，团防局里月月要送人情，客人又没有！"

"啊！"我同情地。

"还有，还有，欠的债……"她越说越伤心了，样子像要嚎啕大哭起来。

我没有再作声。

突然，外面走进了一个穿长袍，手上戴着金戒子，样子像一个读书人的。老板娘便搓了搓眼泪跑去招呼了。

我便独自儿跑出店门，在江边闲散着。洋船仍旧没有开来的。为着挂念那几个病着的朋友，心中更加感到急躁和不安。

吃晚饭的时候，那个戴金戒子的人坐在我的对面，老板娘一面极端地奉承他，一面叫那个大冬瓜那么高的媳妇儿站在旁边替我们添饭。

那个家伙的眼睛不住的在那个小媳妇儿的身上溜来溜去。

晚饭后，我又走开了，老远的仿佛看到那个家伙在和老板娘讲什么话儿。老板娘叹一阵气，流一阵泪，点了一点头，又把那个冬瓜大的媳妇儿看了两眼。以后，就没有说什么了。

我不懂他们是弄的什么玄虚。

夜晚，大约是十二点钟左右呢，我突然被一种惨痛的哭声闹醒来了。那声音似乎是前面房间里那个小媳妇儿发出来的，过细一听，果然不错。

我的浑身立刻紧张起来。接着，便是那个家伙的声音，像野兽：

"不要哭！哭，你婆婆明天要打你的。"

然而，那个是哭得更加凄惨了。我的心中起了一阵火样的愤慨。我想跑过去，像一个侠客似的去拯救这个无辜的孩子。但是，我终于没有那样做，什么原因？我自己也想不清楚。

这一夜，我就瞪着眼睛没有再入梦了。

三、变　了

离开豪镇是第三天的下午一点钟。在小洋船上，我按住跳动的心儿，拿着一种冷静的，残酷的眼光，去体认这个满地荒凉的，久别了的故乡的境况。当小洋船驶进到毛角口的时候，我的心弦已经扣得紧紧了。

羊角，沙头，……一个个沿河的村落，在我的眼前渐渐地向后方消逝了。我凝神地，细心地去观察这些孩提时候常到的地方。最初，我看不出来什么变动：好像仍旧还是这么可爱的，明媚的山水，真诚的，朴实的，安乐无忧的人物。我想把我孩提时代的心境重温过来，像小鸟一样地去赏玩那些自然界的美丽。可是，突然，我的眼睛不知道是怎样的一花，我面前的景物便完全变了：我看见的不是明媚的山水，而是一个阴气森森的，带着一种难堪的气味的地狱。村落，十个有九个是空空的，房屋很多都坍翻了，毁灭了，田园都荒芜了。人，血肉都像被什么东西吸光了，只剩下一张薄皮包着骨子，僵尸似的，在那里往来摇晃着，饥饿燃烧着他们，使他们不得不发出一种锐声哀叫。不仅是这样啊！并且，我还看见了一些到处都找不到归宿的，浮荡的冤魂，成群结队地向我坐的这个小洋船扑来了。我惊慌失措地急忙躲进到船舱里，将眼睛牢牢地闭着，不敢打开。这样一直到天黑了，船也靠了岸了。我才挤入人丛中，夹着那一条破被条，在益县的万家灯火中，渡过小河，向自己的村庄走去。

心里感到一种异样的羞惭与恐怖。要不是为着几个病着的朋友，我真懊悔不应当回家的。在外飘流了四五年，有一点什么成绩能够拿出来给关心我和期望着我的人们看呢？什么都没有啊！我自己知道；除了一颗火样的心，和一个不曾污坏的灵魂之外。

惶恐地，我拖着沉重的脚步，低着头，在这一条黑暗的小石子路上走着，想着……

是什么时候跑到家的，我记不起来了。

小油灯下，白发的妈妈坐在我的对面。我简单地向她说明了这一次回家的原因之后，便望着她伤心地痛哭起来。她也流泪了，无可奈何地，她只好用慈祥的话儿向我抚慰着：

"孩子！你不要急，不要哭！妈是会原谅你的。急又有什么用处呢？赶快把朋友的事情弄好了，仍旧去奔你的前程去。这世界，不要留在家里。你知道吗？家里的情形全变了啊！……"

"变了？"我揩干了眼泪。

"是的，变了！现在是有田不能种了。捐，税，水，旱……闲着又捞不到吃的。而且很多事都坏了。明天你看，偌大一个村子里，寻不到两三个年轻人。田，都荒了啊！……"

"那是什么原因呢？六哥，汉弟弟，槐清，太生，不都是年轻人吗？……"

"变了啊！明天你就知道的。"

我带着惊异的眼光，和妈妈对坐到天亮。

不一会儿族伯父，叔父，姑爹，……四五个老头儿，都眼泪婆婆地跑来了：

"德哥儿，回了，你好呀！"

"好？……"我心里感受到一阵刀割样的难过，"你们各位老人都好呀？"

"好？！"凄然的。

"六哥呢？"

"你六哥！……"

"汉弟弟呢？……"

"汉弟！……"

于是有两个便放声大哭起来了。一边断续地说："还是德哥儿你们读书人好！……不管天干，不管大水，不要完租纳税……可以到处跑！

像你六哥……唉！你汉弟死得好苦啊！……田没有人种！我们，老了！……德哥儿，你看，外面的田！呜，呜——"

"啊！"我半晌做不出声来。是的，我是一个"读书人"！多么安逸的读书人啊！像有一根烧红了的铁索，把我的浑身捆得绷紧！我连哭都哭不出来了。

"是的，一切都变了！索性变吧！妈的！把这整个儿世界都变了吧！"我随着伯叔父们到荒芜了的田园中去察看了一阵，心里不觉得是这样的叫了起来。

四、有什么值得我的留恋呢？

在家里住了两天，跑到两个朋友家里，告诉了朋友们的病况，要他们派人到 X 县医院去招呼。之后，我就没有出过大门了。我还没有预备即刻就离开故乡。一方面我是不放心朋友们，想等一个平安的消息；一方面，我是被某一种心情驱使了，本想把这一个破碎不堪的故乡，用一种什么方法去探索它一个究竟。

最初，我恳切地询问我的妈妈，伯叔们，我没有得到领要！他们告诉我的虽然也有不可抑止的悲愤，但，那只是一些模糊的，浮表的大概。不安天命，好像是那些不幸的年轻兄弟，也都有些咎有应得似的，我也没有多问了。一直到我的一位也被称为读书人的表哥特地跑来看我的时候。

表哥是一位书呆子的小学教师，在小时候，我们是好朋友，所以我们特别说得来。他一到我家里，便把我拖到外面：旷野，山中，小小的湖上……我们没有套言，没有顾忌，任性的谈到天，谈到地，谈到痛苦的飘流，然后又谈到故乡的破碎和兄弟们的消散。最后，他简直感愤得几乎痛哭失声了：

"……德弟，这一些，都是我亲眼看见的。大水后，又是一年干旱。大家都没得吃！还要捐，他们，年纪轻轻，谁能耐得住，搞那个，是真的！我亲眼看见的！他们还来邀我，我……唉！德弟，如何能怪他们啊！讲命运，是死！不讲命运，也是死，德弟！他们，多可怜啊！只有一夜，一夜，唉！唉！你看！……"

他越说越伤心了。我的眼泪烫热烫热地流下来。我什么都明白了。我认着每一个小小的墓碑，深深地留下一个永恒的纪念。

过度的悲伤，使我不愿意再在这一个破碎的故乡逗留了，只要朋友们能够给我一个平安的消息。然而，我终于连这一点儿最渺小的希望都破碎了。过了一天，一个朋友的哥哥泪容满面地跑来告诉我：他的弟弟，当他跑到X县医院中去探问的时候，已经不治了！是医院不负责，是他带少了钱。还有一个呢，据说也是靠不住的。

我仰望着惨白的云天，流着豆大一点的忏悔的眼泪。我深深地感觉到，我不但是失掉了可爱的年青的兄弟，就是连两个要好的朋友都别我而走了！孤独，感伤，在这人生的艰险的道路上，我不知道我将要怎样的去旅行啊！终于，我又咬紧着牙关，忍心地离别了我的白发老母，挟着那一条破被条儿，悄悄地搭上了小洋船，向这渺茫的尘海中闯去！

故乡有什么值得我的留恋呢？要是它永远没有光明，要是我的妈妈能永远健在，我情愿不再回来。

岳阳楼

诸事完毕了,我和另一个同伴由车站雇了两部洋车,拉到我们一向所景慕的岳阳楼下。

然而不巧得很,岳阳楼上恰恰驻了大兵,"游人免进"。我们只得由一个车夫的指引,跨上那岳阳楼隔壁的一座茶楼,算是作为临时的替代。

心里总有几分不甘。茶博士送上两碗顶上的君山茶,我们接着没有回话。之后才由我那同伴发出来一个这样的议论:"不入虎穴,焉得虎子!我们不如和那里面的驻兵去交涉交涉!"

由茶楼的侧门穿过去就是岳阳楼。我们很谦恭地向驻兵们说了很多好话,结果是:不行!

心里更加不乐,不乐中间还带了一些儿愤慨的成分,闷闷地然而又发不出脾气来。这时候我们只好站在城楼边,顺着茶博士的手所指着的方向,像看电影画面里的远景似的,概略地去领略了一点儿"古迹"的皮毛。我们知道了那兵舍的背面有一块很大的木板,木板上刻着的字儿就是传诵千古的《岳阳楼记》。我们知道了那悬着一块"官长室"的小牌儿的楼上就是岳阳楼。那里面还有很多很多古今名人的匾额,那里面还有纯阳祖师为圣像和白鹤童子的仙颜,那里面还有——据说是很多很多,可是我们一样都不能看到。

"何必呢?"我的同伴有点不耐烦了,"既然逛不痛快,倒不如回到茶楼上去看看山水为佳!"

我点了点头,茶博士这才笑嘻嘻地替我们换上两壶热茶,又加上点心和瓜子,把座位移近到茶楼边上。

湖,的确是太美丽了:淡绿微漪的秋水,辽阔的天际,再加上那远远竖立在水面的君山,一望简直可以连人们的俗气都洗个干净。小艇儿鸭子似地浮荡着,像没有主宰;楼下穿织着的渔船,远帆的隐没,处处都欲把人们吸入到图画里去似的。我不禁兴高采烈起来了:"啊啊,难怪诗人们都要做山林隐士,要是我也能在这里做一个优游水上的渔民,那才安逸啊。"回头,我望着茶博士羡慕似地笑道:

"喂!你们才快活啦!"

"快活?先生?"茶博士莫明其妙地吃了一惊,苦笑着。

"是呀!这样明媚的湖山,你们还不快活吗?"

"快活!先生,唉!……"茶博士又愁着脸儿摇了摇头,半晌没有下文回答。

我的心中却有点儿生气了。也许是这家伙故意来扫我的兴的吧,不由的追问了他一句:"为什么不快活呢?""唉!先生,依你看也许是快活的啊!……"

"为什么呢?"

"这年头,唉!先生,你不知道呢!"茶博士走近前来:"光是这岳阳楼下,唉!不像从前了啊!先生,你看那个地方就差不多每天都有人来上吊的!"他指那悬挂在城楼边的那一根横木。"三更半夜,驾着小船儿,轻轻靠到那下面,用一根绳子……唉!一年到头不知道有多少啊!,还有跳水的,……"

"为什么呢!"

"为什么!先生,吃的、穿的、天灾、水旱、兵,鱼和稻又卖不出钱，捐税又重！……"看他样子像欲哭。

"那么，你为什么也不快活呢！"

"我，唉！先生，没有饭吃，跑来做堂倌，偏偏又遇着老板的生意不好！……""啊——"我长长地答了一声。

接着，他又告诉了我许多许多。他说：这岳阳楼的风水很多年前就坏了，现在已经不能够保佑岳州的人了，无论是种田，做生意，打鱼，开茶馆……没有一个能够享福赚钱的。纯阳祖师也不来了，到处都是死路了。湖里的强盗一天一天加多，来往的客商都不敢从这儿经过，尤其是游君山和游岳阳楼的，年来差不多快要绝踪。况且，两个地方都还驻扎着有军队……

我半晌没有回话。一盆冷水似地，把我的兴致都泼灭完了。我从隐士和渔民的幻梦里清醒过来，头不住地一阵阵往下面沉落！我低头再望望那根城楼上的横木，望望那些渔船，望望水，望望君山，我的眼睛会不知不觉地起着变化，变化得模里模糊起来，黑暗起来，美丽的湖山全部幻灭了。我不由的引起一种内心的惊悸！

之后，我催促着我的同伴快些会过账，像战场上的逃兵似地，我便首先爬下了茶楼，头也不回地，就找寻着原来的路道跑去。

一路上，我不敢再回想那茶博士所说的那些话。我觉得我非常庆幸，我还没有真正地做一个岳阳楼下的渔民。至少，在今天，我还能够比那班渔民们多苟安几日。

叶　紫

古渡头

　　太阳渐渐地隐没到树林中去了,晚霞散射着一片凌乱的光辉,映到茫无际涯的淡绿的湖上,现出各种各样的彩色来。微风波动着皱纹似的浪头,轻轻地吻着沙岸。

　　破烂不堪的老渡船,横在枯杨的下面。渡夫戴着一顶尖头的斗笠,弯着腰,在那里洗刷一叶断片的船篷。

　　我轻轻地踏到他的船上他抬起头来,带血色的昏花的眼睛,望着我大声地生气地说道:

　　"过湖吗,小伙子?"

　　"唔"我放下包袱,"是的"。

　　"那么,要等到天明啰,"他又弯腰做事去了。

　　"为什么呢?"我茫然地。

　　"为什么,小伙子,出门简直不懂规矩。""我多给你些钱不能吗?"

　　"钱?你有多少钱呢?"他的声音来得更加响亮了,教训似地。他重新站起来,抛掉破篷子,把斗笠脱在手中,立时现出了白雪般的头发。"年纪轻轻,开口就是钱,有钱就命都不要了吗!"

我不由的暗自吃了一惊。

他从舱里拿出一根烟管,用粗糙的满是青筋的手指燃着火柴。眼睛越加显得细小,而且昏黑。

"告诉你,"他说,"出门要学一点乖!这年头,你这样小的年纪……"他饱饱地吸足着一口烟,又接着:"看你的样子也不是一个老出门的。哪里来呀?"

"从军队里回来。"

"军队里?……"他又停了一停:"是当兵的吧,为什么又跑开来呢?"

"我是请长假的。我的妈病了。""唔!……"

两个人都沉默了一会儿,他把烟管在船头上磕了两磕,接着又燃第二口。

夜色苍茫地侵袭着我们的周围,浪头荡出了微微的合拍的呼啸。我们差不多已经对面瞧不清脸膛了。我的心里偷偷地发急,不知道这老头子到底要玩个什么花头,于是,我说:

"既然不开船,老头子,就让我回到岸上去找店家吧!"

"店家,"老头子用鼻子哼着,"年轻人到底是不知事的,回到岸上去还不同过湖一样的危险吗?到连头镇去还要退四七里路。唉!年轻人……就在我这船中过一宵吧。"

他擦着一根火柴把我引到船舱后头,给了我一个两尺多宽的地位。好在天气和暖,还不致于十分受冻。

当他擦火柴吸上了第三口烟的时候,他的声音已经比较地和暖得多了。我睡着,一面细细地听着孤雁唳过寂静的长空,一面又留心他和我所谈的一些江湖上的情形,和出门人的秘诀。

"……就算你有钱吧,小伙子,你也不应当说出来的。这湖上有多少歹人啊!我在这里已经驾了四十年船了……我要不是看见你还有点孝心,唔,一点孝心……你家中还有几多兄弟呢?"

"只有我一个人。"

"个人，唉！"他不知不觉地叹了一声气。

"你有儿子吗，老爹？"我问。

"儿子，唔，……"他的喉咙哽住着。"有，一个孙儿……"

"一个孙儿，那么，好福气啦。"

"好福气？"他突然地又生起气来了。"你这小东西是不是骂人呢？"

"骂人？"我的心里又茫然了一回。

"告诉你，"他气愤地说，"年轻人是不应该讥笑老人家的。你晓得我的儿子不回来了吗？哼！……"歇歇，他又不知道怎么的，接连叹了几声气，低声地说："唔，也许是你不知道的。你，外，乡人……"

他慢慢地爬到我的面前，把第四根火柴擦着的时候，已经没有烟了，他的额角上，有一根一根的紫色的横筋在凸动。他把烟管和火柴向舱中一摔，周围即刻又黑暗起来……

"唉！小伙子啊！"听声音，他大概已经是很感伤了。"我告诉你吧，要不是你还有点孝心，唔！……我是欢喜你这样的孝顺的孩子的。是的，你的妈妈一定比我还欢喜你，要是在病中看见你这样远跑回去。只是，我呢？唔，……我，我有一个桂儿……"

"你知道吗？小伙子，我的桂儿，他比你还大得多呀！……是的，比你大得多。你怕不认识他吧？啊你，外乡人……我把他养到你这样大，这样大，我靠他给我赚饭吃呀！……"

"他现在呢？"我不能按捺地问。

"现在，唔，你听呀！……那个时候，我们爷儿俩同驾着这条船。我，我给他收了个媳妇……小伙子，你大概还没有过媳妇儿吧，唔，他们，他们是快乐的！我，我是快乐的！……"

"他们呢？"

"他们？唔，你听呀！……那一年，那一年，北佬来，你知道了吗？北佬是打了败仗的，从我们这里过身，我的桂儿，……小伙子，掳伕子你大概也是掳过的吧，我的桂儿给北佬兵拉着，要他做伕子。桂儿，他不肯，脸上一拳！我，我不肯，脸上一拳！……小伙子，你做过这些个丧天良的事情吗？……

"是的，我还有媳妇。可是，小伙子，你应当知道，媳妇是不能同公公住在一起的。等了一天，桂儿不回来；等了十天，桂儿不回来；等了一个月，桂儿不回来……

"我的媳妇给她娘家接去了。

"我没有了桂儿，我没有了媳妇……小伙子，你知道吗？你也是有爹妈的……我等了八个月，我的媳妇生了一个孙儿，我要去抱回来，媳妇不肯。她说：'等你儿子回来时，我也回来。'

"小伙子！你看，我等了一年，我又等了两年，三年……我的媳妇改嫁给卖肉的朱胡子了，我的孙子长大了。可是，我看不见我的桂儿，我的孙子他们不肯给我……他们说：'等你有了钱，我们一定将孙子给你送回来。'可是，小伙子，我得有钱呀！……

"是的，六年了，算到今年，小伙子，我没有作过丧天良的事，譬如说，今天晚上我不肯送你过湖去……但是，天老爷的眼睛是看不见我的，我，我得找钱……

"结冰，落雪，我得过湖；刮风，落雨，我得过湖……

"年成荒，捐重，湖里的匪多，过湖的人少，但是，我得找钱……

"小伙子，你是有爹妈的人，你将来也得做爹妈的，你老了，你也得要儿子养你的，……可是人家连我的孙子都不给我……

"我欢喜你，唔，小伙子！要是你真的有孝心，你是有好处的，像我，我一定得死在这湖中。我没有钱，我寻不到我的桂儿，我的孙子不认识我，没有人替我做坟，没有人给我烧钱纸……我说，我没有丧过天良，可是天老爷他不向我睁开眼睛……"

他逐渐地说得悲哀起来，他终于哭了。他不住地把船篷弄得呱啦呱啦地响；他的脚在船舱边下力地蹬着。可是，我寻不出来一句能够劝慰他的话，我的心头像给什么东西塞得紧紧的。

"就是这样的，小伙子，你看，我还有什么好的想头呢？——"

外面风浪渐渐地大了起来，我的心头也塞得更紧更紧了。

我拿什么话来安慰他呢?这老年的不幸者——我翻来覆去地睡不着,他翻来覆去地睡不着。我想说话,没有说话,他想说话,他已经说不出来了。外面越是黑暗,风浪就越加大得怕人。

停了很久,他突然又大大地叹了一声气:

"唉!索性再大些吧!把船翻了,免得久延在这世界上受活磨!——"以后便没有再听到他的声音了。

可是,第二天,又是一般的微风,细雨。太阳还没有出来,他就把我叫起了。

他仍旧同我昨天上船时一样,他的脸上丝毫看不出一点异样的表情来,好像昨夜间的事情,全都忘记了。

我目不转睛地瞧着他。

"有什么东西好瞧呢?小伙子,过了湖,你还要赶你的路程呀!"

"要不要再等人呢?"

"等谁呀?怕只有鬼来了。"

离开渡口,因为是走顺风,他就搭上橹,扯起破碎风篷来,他独自坐在船艄上,毫无表情地捋着雪白的胡子,任情地高声地朗唱着:

我住在这古渡的前头六十年,

我不管地,也不管天。

我凭良心吃饭,我靠气力赚钱!

有钱的人我不爱,无钱的人我不怜!……

……

南行杂记

一、熊飞岭

熊飞岭,这是一条从衡州到祁阳去的要道,轿夫们在吃早饭的时候告诉过我。他们说:只要上山去不出毛病,准可以赶到山顶去吃午饭的。

我揭开轿帘,纵眼向山中望去,一片红得怪可爱的枫林,把我的视线遮拦了。要把头从侧面的轿窗中伸出去,仰起来,才可以看到山顶,看到一块十分狭小的天。

想起轿夫们在吃早饭的时候说的那些话,我的心中时时刻刻惊疑不定。我不相信世界上会真正有像小说书上那样说得残酷的人心——杀了人还要吃肉,尤其是说就藏躲在那一片红得怪可爱的枫林里。许多轿夫们故意捏造出来的吧,为了要多增加几个轿钱,沿途抽抽鸦片……

轿身渐渐地朝后仰了,我不能不把那些杂乱的心事暂时收下来,后面的一个轿夫,已经开始了走一步喘一口气,负担的重心,差不多全部落在他身上。山路愈走愈陡直,盘旋曲折,而愈艰险。靠着山的边边上,最宽的也不过两尺多。如果偶一不慎,失足掉下山涧,那就会连人连轿子的尸骨都找不到的。

"先生,请你老下来走两步,好吗?……唔!实在的,太难走了,只要爬过了那一个山峰……"轿夫们吞吐地,请求般地说。

"好，"我说，"我也怕啊！"

脚总是酸软的：我走在轿子的前面，踏着陡直的尖角的石子路儿，慢慢地爬着。我的眼睛不敢乱瞧。轿夫们，因为负担减轻了，便轻快地互相谈起来。由庄稼，鸦片烟，客店中的小娼妇——直又谈到截山的强盗……

"许是吓我的吧，"我想。偶然间，我又俯视了一下那万丈深潭的山涧，我的浑身都不由地要战栗起来了，脚酸软得更加厉害。"是啊！这样的艰难的前路，要真正地跑出来两个截山的强盗，那才是死命哩！……"

这样，我不敢再往下想了。我胆怯地靠近着轿夫们，有时，我吩咐他们走在我的前面，我却落到他们的后边老远老远。我幻想着强盗是从前面跑来的，我希望万一遇见了强盗，轿夫们可以替我去打个交道，自己躲得远一点，好让他们说情面。然而，走不到几步，我却又惶惶不安起来：假如强盗们是从后面跑来的，假如轿夫们和强盗打成了一片……

我估计我的行李的价值，轿夫们是一定知道的。我一转念，我却觉得我的财产和生命，不是把握在强盗们的手里，而是这两个轿夫的手里了。我的内心不觉更加惊悸起来！要什么强盗呢？只需他们一举手，轻轻把我向山涧中一摔，就完了啦！

我几回都吓得要蹲了下来，不敢再走。一种卑怯的动机，驱使我去向轿夫们打了交道。我装做很自然的神气，向他们抱了很大的同情，我劝他们戒绝鸦片，我劝他们不要再过这样艰难的轿夫的生活了。他们说：不抬轿没有饭吃，于是，我说：我可以替他们想办法的，我有一个朋友在祁阳当公安局长，我可以介绍他们去当警察，每月除伙食以外还有十块钱好捞，并且还可以得外水。他们起先是不肯相信，但后来看见我说得那样真挚，便乐起来了。

"先生，上轿来吧，那一条山口，更难爬啊！我们抬你过去是不要紧的。"

"不要紧啊！"我说，"我还可以勉强爬爬，你们抬，太吃苦了！"

他们执意不肯。他们又说，只要我真正肯替他们帮忙介绍当警察。他们就好了。他们可以把妻儿们带到祁阳去，他们可以不再在乡下受轿行老板和田主们的欺侮了。抬我，那原是应该的呀！

我卑怯地，似乎又有点不好意思地重新爬上了轿子。他们也各自吞了几个豆大的烟泡，振了一振精神，抬起来，在极其险峻的地方，因为在他们的面前显现有美妙的希望的花朵，爬起来也似乎并不怎样地感到苦痛。是呀！也许这就是最后的一次抬轿子吧，将来做了警察，多么威风啊！

流着汗，喘着气，苦笑着的面容；拼命地抬着，爬着，好容易地一直到下午两点钟左右，才爬到了山顶。

"哪里去的？喂！"突然间现出四个穿黑短衣裤的人在山顶的茶亭子里拦住去路。

轿夫们做了一个手势：

"我们老板的亲戚，上祁阳去的啦。"

"你们哪一行？"

"悦来行！"

"唔！"四个一齐跑来，朝轿子里望了一望，看见我没有什么特殊的表现，便点了一点头，懒懒地四周分散开了。

我不知这是一个什么门道。

在茶亭子里，胡乱地买了一些干粮吃了，又给钱轿夫们抽了一阵大烟，耽搁足足有两个钟头久，才开始走下山麓。

"不要紧！"轿夫们精神饱满地叫着，"下山比上山快，而且我们都可以放心大胆了。先生，我包你，太阳落山前，准可以在山脚下找到一个相安的宿铺。"

我在轿子里点子一点头，表示我并不怎么性急，只要能够找到宿处就好了。

轿夫们得意地笑笑，加速地翻动着粗黑的毛腿，朝山麓下飞奔！

叶　紫

二、夜　店

客店里老板娘叫她那健壮的女儿替我打扫了一间房间，轿夫们便开始向我商量晚饭的蔬菜，我随手数了五十个双铜板，打发他们中间的一个去乡铺子里寻猪肉，剩下的这一个便开始对我表起功劳来：

"先生，出门难啊！今朝要不是我俩在山顶上替你打个招呼，那四个汉子……"

"他们就是强盗吗？"我吃了一惊地问。

"唔！是，是，截山的啦；……"轿夫吞了一口唾沫，"他们有时候在山顶上，有时候在半山中，他们真正厉害啊！……不过，他们和我们轿行是有交道的。我们一到山顶，就看见了他们。我对他们做了手势，告诉了他们我们是悦来行的，而且我还说了先生是我们老板的亲戚，所以……"

"悦来行？"

"是呀！先生，你不懂的，说出来你也不明白。总之，总之……"

"那么，我没有遭他们的毒手，就全是你们二位的力量啰！"

"不敢！不过，先生……"

轿夫首先谦恭了一阵，接着，便说出他的实心话来了。他说：他们俩，年轻时也是曾干过来那截山的勾当，这事，在沿山一带的居民看来，是并不见得怎样不冠冕的。不过因为他们胆子小，良心长，而且不久又成了家眷，所以才洗手不干了。种田，有空抬抬轿。近年来，因年岁坏，孩子多，田租和轿租重得厉害，一天比一天不对劲了。他们本想从新来干一干那旧把戏的，不料一下子就遇了我。他们说：他们开始获得了人类的同情，我怜悯他们，我答应介绍他们当警察，所以他们才肯那样地忠心对我。

"啊……"

我悠长地嘘了一口冷气，汗滴渗地从背脊上流了出来。我侥幸我的一时的欺骗竟成功了。同时，我又对我自己的这种卑怯的欺骗行为，起了不可抑止的憎恶！是啊，我现在是比他们当强盗的人还不如了；他们有时还能用真诚来忏悔他们的"过错"，而我呢？我，我却只能慢慢地把头儿低下来。

轿夫还悔恨般地说了好些过去故事，之后，又加重了我那介绍他们去当警察的要求。他羡慕着警察生活，每月清落十元钱，有时还可以拿起木棍子打乡佬……

"先生，那，那才安逸啊！"

不到一会，买猪肉的也回来了。在样样菜都离不开辣椒的口味之下，吃完了晚饭，轿夫和老板娘便在烟榻上鬼鬼祟祟地谈论起来。最初是三个人细细地争执，后来又是老板娘叹气声，轿夫们的劝慰声……

天色漆黑无光了，我便点着一盏小桐油灯首先进房门去睡觉。

解开衣服，钻进薄被里，正要熄灯的时候，突然又钻进来了一个人。

"谁呀？"我一下子看明白是老板娘的女儿，但我却已经煞不住的这样问了。

她不作声，低着头靠近床边站着。

我知道这是轿夫们和老板娘刚才在烟榻上做出来的玩意，然而，我却不能够把它说明。

"姑娘，我这里不少什么呀，请便吧！"我装做糊涂地。

她仍旧不动。半响，才忸怩地说："妈，她叫我来陪先生的。"

"啊！"我的脸发烧了，（虽然我曾见过世故）"那么，请便吧！我是用不着姑娘陪的！"

她这才匆匆地走出房门。我赶去关上着房门的闩子之后，正听到外面老板娘的声音，在责骂着女儿的没有用：不知道家里的苦况，不能够代她笼络客人……

这一夜，因了各种事实的刺激我的脑子，使我整夜的瞪着眼不能入梦。

然而，最主要的还是明天；到了祁阳，我把什么话来回答轿夫们呢？

三、一座古旧的城

穿过很多石砌的牌坊，从北门进城的时候，轿夫们高兴得要死。他们的工程圆满了。在庞杂的人群中，抬着轿子横冲直闯，他们的眼睛溜来溜去的尽盯在一些拿木棍的警察身上。是啊！得多看一下呀！见习见习，自己马上就要当警察了的。

"一直抬到公安局吗？先生。"

"不，"我说，"先找一个好一点的客栈。然后我自己到公安局去。"

"唔！"轿夫们应了一声。

我的心里沉重地感到不安。我把什么话来回答他们呢？我想。朋友是有一个的，可是并不当公安局长。然而，也罢，我不如就去找那位朋友来商量一下，也许能够马马虎虎的搪塞过去吧。

轿子停在一个名叫"绿园"的旅馆门口。交代行李，开好房间，我便对轿夫们说：

"等一等啊，我到公安局去。"

"快点啦！先生。"

问到了那个街名和方向，又费了一点儿周折，才见到我的朋友。寒喧了一回，他说：

"你为什么显得这样慌张呢？"

"唔！"我说，我的脸红了起来。

"我，我有一件小事情……"

他很迟疑地盯着我。于是，我便把我沿途所经过的情形，一五一十地告诉了他，他不觉得笑起来了：

"我以为是什么呢？原来是为了两个轿夫，我同你去应付吧。"两个人一同回到客栈里：

"是你们两个人想当警察吗?"

"是的,局长!"轿夫们站了起来。

"好的。不过,警察吃大烟是要枪毙的!你们如果愿意,就赶快回去把烟瘾戒绝。一个月之后,我再叫人来找你们。"

"在这里戒不可以吗?"

"不可以!"

轿夫们绝望了。我趁着机会,把轿工拿出来给了他们;三块钱,我还每人加了四角。

轿夫们垂头丧气地走了。出门很远很远,还回转来对我说:

"先生,戒了烟,你要替我们设法啊!"

我满口答应着。一种内心的谴责,沉重地慑住了我的灵魂,我觉得我这样过分地欺骗他们,是太不应该了。回头来,我的朋友邀我到外面去吃了一餐饭,沿城兜了一阵圈子,心中才比较轻松了一些。

一路上,我便倾诚地来听我的朋友关于祁阳的介绍:

这,一座古旧的城,因了地位比较偏僻的关系,处处都表现得落后得很。人们的脸上,都能够看出来一种真诚,朴实,而又刚强的表情。年纪比较大一些的,头上大半还留着有长长的发辫,女人们和男子一样地工作着。他们一向就死心塌地地信任着神明,他们把一切都归之于命运;无论是天灾,人祸,一直到他们的血肉被人们吮吸得干干净净。然而,要是在他们自己中间,两下发生了什么不能说消的意气,他们就会马上互相械斗起来的,破头,流血,杀了人还不叫偿命。

我的朋友又说:他很能知道这民性,终究会要变成一座大爆发的火山。

之后,他还告诉了我一些关于这座古旧的城的新鲜故事,譬如说:一个月以前,因为乡下欠收,农民还不出租税,县长分途派人下乡去催;除跟班以外,出去时是五个,但回来的时候却只有三个人了。四面八方一寻,原来那两个和跟班的都被击落在山涧里,尸身差不多碎了。县长气得张惶失措,因为在这样的古旧的乡村里,胆敢打死公务人员的事情，是从来没有听见讲过的。到如今还在缉凶，查案……

回到客栈里的时候，已经是黄昏冥灭了。朋友临行时再三嘱咐我在祁阳多勾留几日。他说，他还可以引导我去，痛快地游一下古迹的"浯溪。"

四、浯溪胜迹

湘河的水，从祁阳以上，就渐渐地清澈、湍急起来。九月的朝阳，温和地从两岸的树尖透到河上，散布着破碎的金光。我们蹲在小茅船的头上，顺流的，轻飘的浮动着。从浅水处，还可以看到一颗一颗的水晶似的圆石子儿，在激流中翻滚。船夫的篙子，落在圆石子里不时发出沙沙的响叫。

"还有好远呢？"我不耐烦地向我的朋友问。

"看啦！就是前面的那一个树林子。"

船慢，人急，我耐不住地命令着船夫靠了岸，我觉得徒步实在比乘船来得爽快些。况且主要的还是为了要游古迹。

跑到了那个林子里，首先映入我的眼帘来的，便是许多刻字的石壁。我走近前来，一块一块地过细地把它体认。

当中的一块最大的，约有两丈高，一丈多长，还特盖了一个亭子替它做掩护的，是"大唐中兴颂"。我的朋友说：浯溪所以成为这样著名的古迹的原因，就完全依靠着这块"颂"。字，是颜真卿的手笔；颂词，是元吉撰的。那时候颜真卿贬道州，什么事都心灰意懒，字也不写，文章也不做；后来唐皇又把他赦回去做京官了，路过祁阳，才高高兴兴地写了这块碑。不料这碑一留下，以后专门跑到浯溪来写碑的，便一朝一代的多起来了。你一块我一块，都以和颜真卿的石碑相并立为荣幸。一直到现在，差不多满山野都是石碑，刘镛的啦！何子贞的啦，张之洞的啦……

转过那许多石碑的侧面，就是浯溪。我们在溪上的石桥上蹲了一会儿;溪,并不宽大,而且还有许多地方已经枯涸,似乎寻不出它的什么值得称颂特点来。溪桥的左面,置放有一块黑色的,方尺大小的石板,名曰"镜石";在那黑石板上用水一浇,便镜子似的,可以把对河的景物照得清清楚楚。据说:这块石板在民国初年,曾被官家运到北京去过,因为在北京没有浯溪的水浇,照不出景致,便仍旧将它送回来了。"镜石"的不能躺在北京古物馆里受抬举,大约也是"命中注定"了的吧。

另外,在那林子的里边,还有一个别墅和一座古庙;那别墅,原本是清朝的一位做过官的旗人建筑的。那旗人因为也会写字,也会吟诗,也会爱古迹,所以便永远地居留在这里。现在呢?那别墅已经是"人亡物在",破碎得只剩下一个外型了。

之后,我的朋友又指示我去看了一块刻在悬崖上的权奸的字迹。他说,那便是浯溪最伟大和最堪回味的一块碑了。那碑是明朝的宰相严嵩南下时写下的。四个"圣寿万年"的比方桌还大的字,倒悬地深刻在那石崖上,足足有二十多丈高。那不知道怎样刻上去的。自来就没有人能够上去印下来过。吴佩孚驻扎祁阳时,用一连兵,架上几个木架,费了大半个月的功夫,还只印下来得半张,这,就可以想见当年刻上去的工程的浩大了。

我高兴地把它详细地察看了一会,仰着、差不多把脑袋都抬得昏眩了。

"唔!真是哩!……"我不由地也附和了一声。

游完,回到小茅船上的时候,已经是正午了。我不知道是什么缘故,虽然没有吃饭,心中倒很觉得饱饱的。也许景致太优美了的缘故吧,我是这样地想。然而,我却引起了一些不可抑制的多余的感慨。(游山玩水的人大抵都是有感慨的,我当然不能例外。)我觉得,无论是在什么时,做奴才的,总是很难经常地博到主子的欢心的,即算你会吹会拍到怎样的厉害。在主子高兴的时候,他可不惜给你一块吃剩的骨头尝尝,不高兴时,就索性一脚把你踢开了,无论你怎样地会摇起尾巴来哀告。颜真卿的贬道州总该不是犯了什么大不了的罪过吧！严嵩时时刻刻不忘"圣寿万年"，结果还是做叫化子散场，这真是有点太说不过去了。然而，奴才们对主子为什么始终要那样地驯服呢？即算是在现在。啊，肉骨头的魔力啊！

　　当小船停泊到城楼边，大家已经踏上了码头的时候，我还一直在这些杂乱的思潮中打转。

插　田

失业，生病，将我第一次从嚣张的都市驱逐到那幽静的农村。我想，总该能安安闲闲地休养几日吧。

时候，是阴历四月的初旬——农忙的插田的节气。

我披着破大衣踱出我的房门来，田原上早经充满劳作的歌声了。通红的肿胀的太阳，映出那些弯腰的斜长的阴影，轻轻地移动着，碧绿的秧禾，在粗黑的农人们的手中微微地战抖。一把一把地连根拔起来，用稻草将中端扎着，堆进那高大的秧箩，挑到田原中分散了。

我的心中，充满着一种轻松的，幽雅而闲静的欢愉，贪婪地听取他们悠扬的歌曲。我在他们的那乌黑的脸膛上，隐约的，可以看出一种不可言喻的，高兴的心情来。我想：

"是呀！小人望过年，大人望插田！……这原是他们一年巨大的希望的开头呢。……"

我轻轻地走过去。在秧田里第一个看见和我点头招呼的，便是那雪白胡须的四公公，他今年已经七十三岁了，还肯那么高兴地跟着儿孙们扎草挑秧，这是多么伟大的农人的劳力啊！

"四公公，还能弯腰吗？"我半玩笑半关心地问他。"怎么不能呀！

'农夫不下力,饿死帝王君'呢。先生!"他骄傲地笑着,用一对小眼珠子在我的身上打望了一遍,"好些了?……"

"是的,好些了。不过腰还是有些……"

"那总会好的国啰!"他又弯腰拔他的秧去了。

我站着看了一会,在他们那种高兴的,辛勤的劳动中,使我深深地感到自家年来生活的卑微和厌倦了。东浮西荡,什么东西都毫无长进的,而身体,又是那样的受到许多沉重的创伤,不能按照自家的心思做事,又不会立业安家,有时甚至连一个人的衣食都难于温饱,有什么东西能值得向他们夸耀呢?……而他们,一天到晚,田中,山上,微漪的,淡绿的湖水,疏云的,辽阔的天际!唱自家爱唱的歌儿,谈自家开心的故事。忧?愁?……夜间的,酣甜的呓梦!……

我开始羡慕他们起来。我觉得,我连年都市的飘流,完全错了;我不应该在那样的骷髅群中去寻求生路的,我应该回到这恬静的农村中来。我应该同他们一样,用自家的辛勤劳力,争取自家的应得的生存,我应该不闻世事,我应该……

田中的秧已经慢慢地拔完了,我还更加着力地在想着我的心思。当他们各别抬头休息的时候,小康——四公公的那个精明的小孙子,向我偷偷地将舌头伸出着,顽皮地指了一下那散满了秧扎的田中,笑了:

"去吗?……高兴吗?……"

不知道是哪里来的兴趣,使我突然忘记了腰肢的痛楚,脱下了鞋袜和大衣,想同他们插起田来。我的白嫩的脚掌踏着那坚牢的田塍,感到针刺般的酸痛。然而,我却竭力地忍耐着,艰难地跟着他们下到了那水混的田中。

四公公几乎笑出眼泪来了。他拿给我一把秧,教会我一个插田的脚步和姿势,就把我送到那最外边的一层,顺着他们里边的行列,倒退着,插起秧来。

"当心坐到水上呀!……"

"不要同我们插,'烟壶脑壳'呢!……"

"好了！好了，脚插到阴泥中拔不出来了！"

我忍住着他们的嘲笑，站稳了架子，细心地考察一遍他们的手法，似乎觉得自家所插的列子也还不差。这一下就觉得心中非常高兴了。插田，我的动作虽然慢，却还并不见得是怎样艰难的事情啊！

四公公越到我的前头来了——他已经比我快过了一个长行。他抬头站了一站，我便趁这个机会像夸张自家的能于般地和他攀谈起来。

"我插的行吗？四公公！"

"行！"四公公笑了一笑，但即刻又皱着眉头说："读书人，干这些事情总不大合适呀！对吗？……"

"不，四公公，我是想试试看呢，我看我能不能插秧！我想……唔，四公公，我想回到乡下来种田呀！"

"种田？……王先生，你别开玩笑呢！"

"真的呀！还是种田的好些……我想。"

四公公的脸上阴郁起来了，他呆呆地站在田中，用小眼珠子惊异地朝我侦察着我的话是否真实。我艰难地移近着他的身边，就开始说起我那高兴农人生活的理由来，我大声地骂了一通都市人们的罪恶，又说了许多读书人的卑鄙，下流，……然后，正当欲颂赞他们生活的清高的时候，四公公便突然地打断了我的话头：

"得啦！先生，你为什么竟说出这样的话来呢？……"他朝儿孙们打望了一下，摸着胡子，凄然地撒掉手中的残秧。"在我们，原没有办法的，明知种田是死路，但也只得种！有什么旁的生涯给我们做得呢？'命中注定八合米，走尽天下不满升。'……而先生，你……读书人，高升的门路几多啊！你还真的说这种话，……你以为，唉！先生，这田中的收成都能归我们自家？……"

他咽住了一口气，用手揉揉那湿润的小眼睛，摇头没有再说下去了。他的胡子悲哀地随风飘动着，有一粒晶莹的泪珠子顺着他那眼角的深深的皱纹爬将下来。

儿孙们都停了手中的工作，朝我们怔住了：

"怎么啦？公公。"

"没有怎么！"他叹一声气，忽然，似乎觉到了今天原是头一次插田，应该忌讳不吉利的话似的，又朝我打望了一下，顺手揩掉那晶莹的泪珠子，勉强装成一副难堪的笑容，弯腰拾起着秧禾，将话头岔到旁的地方去：

"等等，先生，请你到我们家中吃早饭去，……人，生在世上，总应该勤劳，……"

我没有再听出他底下说的是什么话来，痴呆地，羞惭地站在那里，望着他祖孙们手中的秧禾和那矫捷的插田的动作。……"死路""高升的门路！"……我觉得有一道冰凉的流电，从水里通过我的脚干，而曲曲折折地传到我的全身！……

我的腰肢，开始痛得更加厉害了。

长江轮上

深夜,我睡得正浓的时候,母亲突然将我叫醒:

"汉生,你看,什么东西在叫?……我刚刚从船后的女茅房里回来……"

我拖着鞋子。茶房们死猪似地横七横八地倒在地上,打着沉浊的鼾声。连守夜的一个都靠着舱门睡着了。别的乘客们也都睡了,只有两个还在抽鸦片,交谈着一些令人听不分明的,琐细的话语。

江风呼啸着。天上的繁星穿钻着一片片的浓厚的乌云。浪涛疯狂地打到甲板上,拼命似地,随同泡沫的飞溅,发出一种沉锐的,创痛的呼号!母亲畏缩着身子,走到船后时,她指着女厕所的黑暗的角落说:

"那里!就在那里……那里角落里!有点什么声音的……"

"去叫一个茶房来?"我说。

"不!你去看看,不会有鬼的……是一个人也不一定……"

我靠着甲板的铁栏杆,将头伸过去,就有一阵断续的,凄苦的呜咽声,从下方,从浪花的飞溅里,飘传过来:

"啊哟……啊啊哟……"

"过去呀!你再过去一点听听看!"母亲推着我的身子,关心地说。

"是一个人,一个女人!"我断然回答着。"她大概是用绳子吊在那里的,那根横着的铁棍子下面……"

一十五分钟之后,我遵着母亲的命令,单独地,秘密而且冒险地救起了那一个受难的女人。

她是一个大肚子,一个四十岁上下的乡下妇人。她的两腋和胸部都差不多给带子吊肿了。当母亲将她拉到女厕所门前的昏暗的灯光下,去盘问她的时候,她便眯着一双长着萝卜花瘤子的小眼,惶惧地,幽幽地哭了起来。

"不要哭呢!蠢人!给茶房听见了该死的……"母亲安慰地,告诫地说。

她开始了诉述她的身世,悲切而且简单:因为乡下闹灾荒,她拖着大肚子,想同丈夫和孩子们从汉口再逃到芜湖去,那里有她的什么亲戚。没有船票,丈夫孩子们在开船时都给茶房赶上岸了,她偷偷地吊在那里,因为是夜晚,才不曾被人发觉……

朝我,母亲悠长地叹了一口气说:

"两条性命啊!几乎……只要带子一断……"回头再对着她:"你暂时在这茅房里藏一藏吧,天就要亮了。我们可以替你给账房去说说好话,也许能把你带到芜湖的……"

我们仍旧回到舱中去睡了。母亲好久还在叹气呢!……

但是,天刚刚一发白,茶房们就哇啦哇啦地闹了起来!

"汉生!你起来!他们要将她打死哩!……"母亲急急地跺着脚,扯着我的耳朵。她不知道在什么时候爬起来了。

"谁呀?"我睡意朦胧地,含糊地说。

"那个大肚子女人!昨晚救起来的那个!……茶房在打哩!……"

我们急急地赶到船后,那里已经给一大群早起的客人围住着。一个架着眼镜披睡衣的瘦削的账房先生站在中央,安闲地咬着烟卷,指挥着茶房们的拷问。大肚子女人弯着腰,战栗地缩成一团,从散披着的头发间晶晶地溢出血液。旁观者的搭客,大抵都像看着把戏似的,觉得颇为开心；只有很少数表示了"爱莫能助"似的同情，在摇头，吁气！

我们挤到人丛中了，母亲牢牢地跟在我的后面。一个拿着棍子的歪眼的茶房，向我们装出了不耐烦的脸相。别的一个，麻脸的，凶恶的家伙，睁着狗一般的黄眼睛，请示似地，向账房先生看了一眼，便冲到大肚子的战栗的身子旁边，狠狠地一脚——

那女人尖锐地叫了一声，打了一个滚，四肢立刻伸开来，挺直在地上！

"不买票敢坐我们外国人的船，你这烂污货！……"他赶上前来加骂着，俨然自己原就是外国人似的。

母亲急了，她挤出去拉住着麻子，怕他踢第二脚，一面却抗议似地责问道：

"你为什么打她呢？这样凶！……你不曾看见她的怀着小孩的肚子吗？"

"不出钱好坐我们外国人的船吗？"麻子满面红星地反问母亲，一面瞅着他的账房先生的脸相。

"那么，不过是——钱喽……"

"嗯！钱！……"另外一个茶房加重地说。

母亲沉思了一下，没有来得及想出来对付的办法，那个女人便在地上大声地呻吟了起来！一部分的看客，也立时开始了惊疑的，紧急的议论。但那个拿棍子的茶房却高高地举起了棍子，企图继续地扑打下来。

母亲横冲去将茶房拦着，并且走近那个女人的身边，用了绝大的怜悯的眼光，看定她的大肚子。突然地，她停住了呻吟，浑身痉挛地缩成一团，眼睛突出，牙齿紧咬着下唇，喊起肚子痛来了！母亲慌张地弯着腰，蹲了下去，用手替她在肚子上慢慢地，一阵阵地，抚摸起来。并且，因了过度的愤怒的缘故，大声地骂詈着残暴的茶房，替她喊出了危险的、临盆的征候！

看客们都纷纷地退后了。账房先生嫌恶地，狠狠地唾了一口，也赶紧走开了。茶房们因为不得要领，狗一般地跟着，回骂着一些污秽的恶语，一直退进到自己的舱房。

我也转身要走了，但母亲将我叫住，吩咐着立即到自己的铺位子上去，扯下那床黄色的毯子来，并且借一把剪刀和一根细麻绳子。

我去了，匆忙地穿过那些探奇的，纷纷议论的人群，拿着东西回来的时候，母亲已经解下那个女人的下身了。地上横流着一大滩秽水。她的嘴唇被牙齿咬得出血，额角上冒出着豆大的汗珠，全身痛苦地，艰难地挣扎着，她一看见我，就羞惭地将脸转过去，两手乱摇！但是，立时间，一个细小的红色的婴儿，秽血淋漓地钻出来了！在地上跌了一个翻身，哇哇地哭诉着她那不可知的命运！

我连忙转过身去。母亲费力地喘着气，约有五六分钟久，才将一个血淋淋的胎衣接了出来，从我的左侧方抛到江心底深处。

"完全打下来的！"母亲气愤地举着一双血污的手对我说，"他们都是一些凶恶的强盗！……那个胎儿简直小得带不活，而他们还在等着向她要船钱！"

"那么怎么办呢？"

"救人要救紧！……"母亲用了毅然地，慈善家似地口吻说。"你去替我要一盆水来，让我先将小孩洗好了再想办法……"

太阳已经从江左的山岸中爬上来一丈多高了。江风缓和地吹着，完全失掉了它那夜间的狂暴的力量。从遥远的，江流的右岸的尖端，缓缓地爬过来了一条大城市的尾巴的轮廓。

母亲慈悲相地将孩子包好，送到产妇的身边，一边用毯子盖着，一边对她说：

"快到九江了，你好好地看着这孩子……恭喜你啊！是一个好看的小姑娘哩！……我们就去替你想办法的。……"

产妇似乎清醒了一些，睁开着凌凉的萝卜花的眼睛，感激地流出了两行眼泪。

在统舱和房舱里（但不能跑到官舱间去），母亲用了真正的慈善家似的脸相，叫我端着一个盘子，同着她向搭客们普遍地募起捐来。然而，结果是大失所望。除了一两个人肯丢下一张当一角或两角的钞票以外，剩下来的仅仅是一些铜元；一数不少不多，刚刚合得上大洋一元三角。

母亲深沉地叹着气说："做好事的人怎么这样少啊！"从几层的纸包里，找出自己仅仅多余的一元钱来，凑了上去。

"快到九江了！"母亲再次走到船后，将铜板、角票和洋钱捏在手中，对产妇说："这里是二元多钱，你可以收藏一点，等等账房先生来时你自己再对他说，给他少一点，求他将你带到芜湖！……当然，"母亲又补上去一句："我也可以替你帮忙说一说的……"

产妇勉强地挣起半边身子，流着眼泪，伸手战栗地接着钱钞，放在毯子下。但是，母亲却突然地望着那掀起的毯子角落，大声地呼叫了起来：

"怎么！你的孩子？……"

那女人慌张而且惶惧地一言不发，让眼泪一滴赶一滴地顺着腮边跑将下来，沉重地打落在毯子上。

"你不是将她抛了吗？你这狠心的女人！"

"我，我，我……"她嗫地，悲伤地低着头，终于什么都说不出。

母亲好久好久地站立着，眼睛盯着江岸，盯着那缓缓地爬过来的，九江的繁华的街市而不作声。浪花在船底哭泣着，翻腾着，——不知道从哪一个泡沫里，卷去了那一个无辜的，纤弱的灵魂！……

"观世音娘娘啊！我的天啊，一条性命啊！……"

茶房们又跑来了，这一回是奉了账房先生的命令，要将她赶上岸去的。他们两个人不说情由地将她拖着，一个人替她卷着我们给她的那条弄满血污的毯子。

船停了。

母亲的全部慈善事业完全落了空。当她望着茶房们一面拖着那产妇抛上岸去，一面拾着地上流落的铜板和洋钱的时候，她几乎哭了起来。

叶　紫

致张天翼书

老天：

告诉你，我已经搬了家，搬到一所很可爱的小屋子里，这地位在两条小河的三叉口上，靠近古渡头堤边，不但风景佳绝，空气新鲜，宜于养病，并且交通便利，消息灵通，简直是一块仙境啊！你没有看见呢，我一搬进来，病就好了一大半。春天了，眼前的一片青翠，黄黄的菜花，红白的桃李，对岸的小市镇，就像镜子里画的画似的，横挂在我的面前，左边还有一座古色古香的大石桥。老天，你见了真会爱死！假如你也是一个病人的话，你相信吗？这三叉河口上的天空，都像特别和我有交情，无论晴或雨，那些云彩，那日月和星辰，都像时刻在变把戏给我看，给我开心似的。我不相信果戈理在《狄亢迦近郊的夜晚里》所描写的那样美丽的乌克兰的天空，有我这里的这样美好，因为那只是描写出来的小说，而我这里的是真实的活东西！

此外，那一天到晚从堤坡和渡口上过往的农人们，也能够使我像看走马灯似的愉快，我搬过来的那天，便像隐士（！）似的，在门首贴了一首对联云：

住虽只三尺地，且喜安心，小堂屋中，任我横行直闯。

睡足了五更天，若嫌无事，大堤坡上，看他高去低来。

说起旧诗词对子来，我近来是大开倒车了。敌人的最前线，离我们这里只有一百多里路，朝发夕至。时刻有沦陷的危险。论理，我们这里的抗敌工作和民众运动，应该做得轰轰烈烈了（不轰轰烈烈的原因当然多得很），不过，为一般民众的领导的知识分子，应该关心一下自身和家国的灭亡吧！但伤心得很，这里的几十位小学教师和冬烘先生们，大半都像进了墓坟的"活骸"似的，不但不愿意参加抗敌工作，不关心时局，甚至连起码的求知欲望都没有，他们可是终年不看书，不看报纸，只侧着耳朵听听人家说敌人来没有来？如果敌人离他们还有一里路，他们还有一餐晚饭吃，便低着头去弄他们的挽联对子，吟他们的平平仄仄去了。无论你如何警醒他，刺激他，他是没有听。因为他们大都跟新文化无缘，他们是"先王之道，不可废也。"他们看不起做白话文的人，有的甚至看不懂语体文章。这样，你想要提着他们的头发，把他们从坟墓中拔出来做一点点与政府和抗敌有利的工作，就非先取得他们中间的地位和信仰不可。这样，我就不得不大开倒车，从这些古董的平平仄仄去着手。几个月来，居然也有些成绩，做得不少了。将来如果收成集子，就叫做《倒车集》，与老兄的《牛奶之路》，定可并驾齐驱，永垂千古而不朽了。如以为我是吹牛的，不妨抄两首你看。

（一）赠古渡头老渡夫
经年风雪鬓毛灰，
放荡江湖一酒杯，
苦煞夜寒更漏永，
隔河人把渡船催。

（二）戏题某待嫁闺女插镜绣猫
不花不树堆红绿，
亦虎亦猫背黑灰，
人世姻缘天上景，

叶　紫

　　滑稽都到镜中来。

　　咏兰的父母前年都死了，去年突然又跑出一个母亲来，据说这是生母。生母今年也死了，照理说咏兰和我应叫母亲、岳母，但碍着养母家的关系，只能叫伯母和岳母，这真是有点虚伪而滑稽的事。因这老太太待我们极好，殷勤地安慰我的病，不断地接济我们的生活，死后大家便劝我们写点东西悼悼她。因作一挽联云：

　　"三千里避难归来，苦疾病缠绵，待我犹如亲子婿。
　　廿六年离怀径去，叹运途乖舛，哭娘常念旧娇儿。"

　　联末是落的我和咏兰两个人的名字。老天，当你看了"叹运途乖舛"这一类令人作呕的"宿命论"的滥调，一定会摇头哼鼻，大骂"老叶混账"不止吧，但在这里却被我们的教师和冬烘先生们捧得了不得哩！其实"狗嘴里长不出象牙来"，在这样的破酒瓶和恶环境里，怎能够装新酒进去呢？

　　好了，倒车只开到这里停止了。还要说我们的正经事哩！

　　请你告诉敏纳滨荪两兄，他们寄来的十元钱，昨天收到了。据说这是定钱，救我的穷的，要我不客气，每月至少给他们两篇文章，这可叫我有点为难了。老天，你知道的，如果这十元钱是无条件接济我的，我倒可以放心用。一说是定钱，我便冷了半截。因为我的身体还没有收"定钱"的资格，怕不能如期交货也。我虽然每天都写作，但是有限制的。我以前曾说过，（照梁实秋大参政员所看不起的"抗战八股"的"公式"套来），我的病是"持久战"，是"最后胜利"论者，只宜于不急不缓的长篇大作，决不宜于，"定期交货"的短篇。因为我不能"速战速决"，不能"孤注一掷"，也就是说，不写短篇和散文笔记之类的东西，夜晚七时半至八时，记日记，余时是散步、会客和休息。既不吃力，又做了事，养了病，一举而三得焉。六个月后，如果身体进步，打算再加点工作时间。

　　欧罗二兄叫我四月十日以前交一稿，算起来，是一定来不及了，因为今天三月二十九日了,我写短篇的时间太少,桌上已经准备了一篇万余字的长篇小说材料《第七次入营》,近天才开始写,但什么时候写得起,还不能预定。我相信第二期也来不及了。第三期或第四期比较靠得住一点。再短的千把两千字,第二三期或者来一两篇,但也决不能预告上去。因病这东西活像日本兵,它再向我"猛攻"一下,我便只能"保存实力",退后休息几天。等它停止进攻了,再来打一下"游击"。一方面还要"养精蓄锐,准备反攻。"

此外,我还要请你设法替我向朋友们募捐一个表,旧的,贱价的都可以,只要灵准。由邮局用小包裹或当样品挂号寄来。我原有的一架闹钟,已"年老力衰"了,常常怠工,即使一天鼓励它七八次,它也不愿意多走一步。我工作和散步,常常要跑到四分之一里路以外的福音堂去看钟,这对我的病和工作是太不便了。

关于接济的话,也希望能够源源而来,上面说过,养肺病和写百万字的长篇,都是持久的、艰苦的战斗,不争取"外援",没有犀利的"军火接济",是绝对不能获得最后胜利的。也就是说:多有几斗米,不至"早晨""看空桶",我的工作和斗争的勇气,就要大得多。……

叶　紫

我为什么不多写

两个多月来，我没有写成功一个字。

很多爱我的和关心我的朋友，常常写信或者跑来当面对我说：

"老叶，你为什么不多写一点呢？你看，你这样穷——负担着一家人六口的生活，而常常挨饿……况且，你又并不是完全没有生活经验的人……实在的，你为什么不多多地写一点呢？……老叶，实在的呀！……"

女人和母亲更是时时刻刻附到我的耳边，说：

"写呀！你为什么又不写了呢？……你的脑子在想什么东西呀！……明天早晨又没有米了，孩子的帽子也破了，妈妈敬菩萨的香烛钱也没有了，你究竟在想什么东西呢？……来！让我替你把孩子带出去，你一个人安安心心地写吧！写吧！……《时事新报》你可以去一篇的——那我知道，——而且，还有申报馆，××杂志，××月刊，××，××××……你不是说在月内通通要写一篇去的吗？"——的确的，自己也知道，假如我不多多地写，生活也许马上会把我们一家老幼都赶到马路上去睡弄堂，讨铜板的。然而，我应该写些什么东西呀！

常常地，我一提起笔来，摊开朋友们索稿子的来信，想起每个编辑先生来，嘱咐的那些话，我的脑子也便会莫明其妙地混乱起来，不知道应该写些什么东西才好了。

"你是写小说的人啦，你给我一篇小说吧！"我的第一个朋友说。"不过，你应该注意呀，小说的内容千万不要写得太那个，那个了……朋友，只要讲得好呀！……喜欢看爱情小说的人才多呢。朋友……"

接着，第二个又说：

"老叶，赶快替我写一篇农村小说。我知道，农村的情形你非常熟悉的……赶快啦，老叶！今天十三了，十五号还来得及！十五号，是的。老叶，你还要注意呀，最多不能超过三千字，三千字，老叶，最多三千啊！……"

此外，又还有限定我写游记，军队生活，妇女生活，或者和学生生活有关之类的小说。而且，大都不能超过三千或一千五百字，内容更不能"那个"。有的甚至于还选出一篇论文来，叫我就照那内容替他配上一篇小说，表示他所论的完全是真的，现实的材料，有小说为证。

这样，我便被陷入了那深沉混乱的苦痛之中，终于不知道应该写什么东西才好了。然而，为了生活，我又不得不写。女人督促着，朋友催逼着。虽明明知道自己是一条瘦弱的公牛，榨不出奶，但也不能不拼命地榨一榨。

而榨的结果呢？——两三个月来不及几乎一字无成。写了一篇恋爱的，自己看看，要不得，给朋友看看："唉，你为什么写这样的东西呢？唉唉！简直不成呀！你难道连起码的恋爱常识都没有吗？唉唉……"于是毁了它，重新来写一篇关于农村的小说。先想好一个题材，下笔了；但是，又不成，刚刚开一个头就有了六七千字，再写下去，便非三四万字不能完篇。"谁要呢？"朋友说，"这样长的东西，除非你自家去出单行本。"然而，为了生活，我又不能不听朋友的话，暂时将长的搁起，再来想一下其他的短东西。可是，心情已经不能再像从前那样安静了，渐渐冒出了火花来。"为什么呢？我为什么不能按照自己的意志和心情写作呢？为什么要拼命地来想这"鸡零狗碎"的东西呢？啊啊，为什么呢？……生活呀！该诅咒的生活呀！"于是，又忍痛地将自家暴躁的心情抑止，再想一篇关于军队生活的小说。想好了，写呀，写得神魂颠倒，日夜不停。结果好了，没有过火，也没有斗争。高高兴兴地拿给编辑先生去看，"嗯！"编辑先生咽了一口气，皱着眉头地说："你可怎么写得这样'那个'呢？……你不可以将他们的生活写得好一点吗？嗯嗯！这样的东西我怎么能发表呢？嗯，老叶，我怎么能发表呢？……"当然，到这时无论如何我的心火也按捺不住了，但又不好当着编辑先生发脾气，只能唯唯连声地退了出来，一口气跑到家里——将原稿子向大炉中一摔，并且还大声地骂着女人，骂着孩子！骂他们不该累赘我的生活，不该逼着向我要吃饭，逼着我写这样不成器的东西！……结果，女人哭了，孩子哭了。母亲愤怒地摸起拐杖来要敲破我的脑壳！而早饭米仍旧不能不设法到外面去弄回来……后来，我又试写了一回妇女生活和学生生活之类的小说，但我自己知道：统统不成功。也就不想再送去给朋友和编辑先生们看了。因为我在写的时候，除了用手拿着钢笔在原稿纸上一笔一笔地移动以外，脑子早已不知道飞到什么地方去了。

朋友们大抵以为我过去的生活经验应该丰富得了不得，不肯努力地多写出东西来，挨饿，那是活该的。而并不知道我的创作的艰难和痛苦。何况我的生活经验还并不见得有怎样"了不得"呢？当然，我不否认我还有一部分不曾写出来的"血"和"泪"的惨痛的生命史，但那大大的东西写了出来又有谁要呢？在长长的写作的时期中，谁肯来维持我一家五六口的生活呢？"空虚啊！"我不由地叫道，"我的别样的生活是怎样地空虚啊！"然而，我要是有胡诌的本事也好——"一天能胡诌出一两千字，也足可以维持生活的！"人们对我说——偏偏我又没有这样的本事。于是，挨饿；那就真正"活该，活该"了。

"然而，你就是这样长期地'空虚'和'苦痛'下去吗？"朋友们一定要问的吧。但，敬爱的朋友，这你尽可以放心吧！人们只要想到了自家生存的意义的时候，是决不至于自暴自弃的啊！我虽然"空虚"

和"苦痛",但我究竟还没有失掉我青春的生命的烈火,还储藏着有一种巨大的自信力。我为什么要弄得自暴自弃起来呢!

以后呢,当然,因各方面的关系,我还应多多地写——在不违反自家的意志和不脱离艺术领域的这范围之内。可是我将不再写应时,应景,指定题材和规定长短之类的痛苦的东西。一定的,朋友!宁肯"饿肚皮"都做得。"饿肚皮",这句话并不是表示我故意地装得"清高","有骨气"!而是实实在在的,我的别样生活太"空虚"了,写不出。再说明白一点:以后我将多写一些自家所欲写,所愿意写的小说,间或也写一点杂记和杂忆之类的东西。写多少,算多少。能发表呢,当然好;不能发表,就留给自家读读。至于能不能写得好,写得进步,能不能中编辑先生的意,满足朋友们和读者的欲求,那就只能看我的身体的健康和努力的程度如何了。

当然,我一定好好地锻炼自己,刻苦地,辛勤地学习;使我往后的东西能一天一天地接近艺术,并深入到大众的生活之中。

叶　紫

我们需要小品文和漫画

　　我们需要小品文和漫画,在这年头,我们比旁的艺术作品还需要得厉害。

　　小品文和漫画差不多是天天和我们见面的。当我们每天打开报章,打开其它一切杂志,大半都占有小品文和漫画的最多篇幅。我们在工作和劳动的稀少的余暇,读不到长篇大著的世界和国内的文学作品,我们就只好拿小品文和漫画来应急。

　　小品文能兴奋我们的精神,能加强我们对于黑暗的现实的认识,能把我们从悲哀和沉默中激发出来,指示出我们的宽庄的大道。它是"匕首"是"投枪",它是文学作家们短兵接战时的唯一的武器。漫画更能使我们增加艺术的兴趣,更能使我们具体地看到人生,它能补小品文的不足,能从另一形式描绘出一切文学作品所不能达到的深微点。它和小品文有着不可分离的关系。它也应该是"匕首",是"投枪",是画家们短兵接战时的唯一的武器。

　　是的,我们需要小品文和漫画,在这年头,我们比旁的艺术作品还需要得厉害。

　　然而;我们需要的是上述的这种小品文和漫画。而不是"X月诸家之随笔",而不是"王先生"与"眼睛吃的冰淇淋"。

爱伦凯与柯仑泰

爱伦凯和柯仑泰,是女界的先觉,对于女性解放问题,都有卓绝的见地。下面是关于她俩的谈话纪录。

紫文

今天,我们预备会谈的题材:是"爱伦凯与柯仑泰"。

瑛英

柯仑泰不是著述《三代恋爱》和《赤鸟》等小说的苏联女文学家吗?

紫文

她不但是文学家,而且是外交家,曾做过驻挪威大使及驻墨西哥大使。

斐佩

这两位世界女性,她们的言论,确是值得我们研究的。只是我对于这两个人的身世言行,都不明了。现在我把我所不明了的提出来,请你们指教:爱伦凯是生于哪一国的?

紫文

她于一八四九年生于瑞典南部的一个小都市里,父亲曾做过内阁的国务员。母亲亦受过高等教育，很热心于妇女解放问题的。所以爱伦凯后来的提倡妇女解放运动，不是无因的。

斐佩

爱伦凯的人生观是怎样的？

紫文

她是个唯心的乐观论者。她主张既然生在这个世界上，心身都应该很康健的，很快乐的，而且强有力地生活着。她说过："我们的生活，应该终日有谦逊的心情，宽怀的胸襟，对一切事物，都应有大诗人那样的深刻的理解，任何时刻都应该像小孩子那样的天真愉快和活泼。"这几句话里面，我们可以想象到她的人生观是怎样的光明与谦和，宽绰与大度。

瑛英

这样看起来，爱伦凯也不过是一个妥协于现实的人物而已。

紫文

那也不能说，假使她是个现实的妥协者，她怎么会在那时代，叫出"解放妇女"的呼声？不过她拿"爱"来调和人生，既不尤天亦不恨人，同时绝不是现实的妥协者而是反抗者。她也不像一般女子，不满于现实生活，同时却仍沉沦于现实生活而不能自拔。

斐佩

爱伦凯的妇女运动有怎样几个目标？

紫文

她提出过三个信条。一、结婚应以恋爱为基础。二、自由离婚。三、母性复兴。

瑛英

记得爱伦凯的主张恋爱结婚，是根据优生学的。是吗？

紫文

是的。她曾经说："恋爱是神圣的，是一切文化的渊源。恋爱结婚的双方，必感到无上的幸福，在这样生活下所产生的小孩，必比一般没有爱的夫妇所生的小孩聪明。不过爱伦凯这个见地，确是缺少科学上的根据，她只说历史上的所谓大伟人，或者大艺术家，大思想家，大半都是私生子，换句话说，他们的父母大多都是由恋爱而结合的。

斐佩

爱伦凯的恋爱观是怎样的？

紫文

她主张以灵肉一致，与全人格的恋爱为基础，换句话说：在肉体上，知识上，道德上站在同一平行线上的男女两人，相互爱合。两者一体，这样的结合，当可永远在爱的熔炉中生活。

瑛英

我看这完全是理想，难怪她只好独身一生了。

紫文

爱伦凯主张结婚不必形式，她说两性间，既有了纯挚的爱情，自然都有高尚的道德，用不着借法律来保障。同时她又主张无条件离婚，她说恋爱不是永久不变的，两性间等到绝对没有爱情的时候，当然大家分手，免得貌合神离，彼此痛苦。

瑛英

这只可当作一种理想，而且我们希望这理想能实现。但事实却不使我们这样乐观，尤其在中国现在这种社会里——男性中心的社会里，结婚虽不必有怎样隆重的仪式，最好需经过法律手续。免得一般不负责任的人们：朝秦暮楚，以恋爱为游戏。

斐佩

爱伦凯的母性复兴说又如何？

紫文

她主张男女分职，各尽分内的责任，女子领域的核心是做母亲，所以假使女子不能尽做母亲的职务，即使能尽职于社会，也不能说是"完人"。

紫文

其次我们得谈谈柯仑泰了。

斐佩

柯仑泰现在还是健在着吗？

紫文

是的，今年她已经六十二岁了，但据见到她的人说，假使不知道她年龄的人，还以为她是个少年夫人呢，她父亲"特莫诺米"将军，是旧俄时代的大地主，非常顽固；所以柯仑泰夫人小时的生活，非常拘束。俄国当时自由主义的思想盛极一时，她父亲怕她传染这思想，所以连学校也不许她进，只许她在家里勤读。可是人，常是很奇怪的，在这样的顽固的教养下，她的反抗，反会比常人显著，她在十八岁那年，就参加各种社会活动。

瑛英

据说她懂得好几国语言文字。是吗？

紫文

是的，她的足迹，走遍了欧美两洲，起初毕业于德国齐利大学，研究组织学，后来又研究人类学，社会学，对于劳动问题，妇人问题等，有她独特的见地，同时对于文学，也有十二分的素养。一九一七年俄国革命，她也是其中的一位要角，因之被捕下狱。革命成功，她被推为布尔什维克的中央委员。一九二三年被任命为挪威大使兼通商代表，开世界外交史上有女外交家之新记录。

斐佩

她对于妇女解放的见地怎样？

紫文

她把过去与将来的社会现象，分作三个时代：一原始人民，男子为了游猎，游牧，远征，没有一定的住所，女子专业养育子女，为养育子女而从事耕作，调理食物，裁制衣服，……那时一切以女子为中心，即所谓"母权时代"。二此后生活安定，男子支配生产，操经济全权，女子变成了男性的属从。这所谓"父权时代"，女子只是一生子的机器，是男子的玩物，而且可以金钱买卖。三是因资本主义的发达，手工业者，小商人，农民，都失了原来的园地从事于机械工作，但低廉的工资，不足维持养活妻孥，于是妻女亦不得不自行从事生产，因女子工资较廉，一般乐于雇用，于已被摒弃于生产部门以外的女子，又回复了与男子同等的领域。女子既已与男子有同等的经济领域，当然主张有平等的权利。这才是真正"男女平等时代"。柯仑泰曾说"现在一般所谓在法律上的妻子，由男子抚养，不事生产，将子女任佣人养育，终日徒事消费与享乐，这种女子，只可当她是卖淫妇。"

叶　紫

忆家煌

在抽屉里，无意地发现家煌的遗稿——《出殡路由》——使我又凄然地浮起了家煌的印象。

人死了——怎么样都是好的，这差不多成了惯例。因为死了的人不会再说话了，好坏可以任人去品评，只要和他没有特殊的冤仇，谁不愿意做个顺水人情，说他两句好话呢？相反的，要是他没有死，那是很少人愿意去说他的好话的，除非有特殊的用意。说不定，有时候还要说他几句坏话，攻击他一下子，甚至于还要用手段将他置诸死地。等到死了以后，于是，也就成为好人了。

家煌呢？在生前，我是非常知道的：他是一个十足的坏家伙。他有官不做，有福不享，有高价的稿费不卖稿子；情愿整天地跑马路，嚼大饼油条，以致老婆不认他做丈夫，朋友不认他做朋友，弄得后来无法生活，一病就死。这样一个家伙，要说他是一个好人，那是如何的不可能啊！

可是，他死了以后呢？便马上有人称他为天字第一号的好人了。接着东也吹吹，西也捧捧，并且还硬把他拖进一个什么文艺的阵营里面去，说他是怎样怎样的一个好人，怎样怎样的一员猛将。于是坏的家煌，一变而成为好的健将了。

不死是不会被称为好人的，我常常这样想。假如家煌现在还活着的话，那将不知道他还要坏到什么程度呢？可是，他已经死了。

想起了家煌，想起了死后无知的可怕，我不禁默然伤神者久之！

叶 紫

关于《天下太平》

二十五号的《火炬》上，有一篇烘燎先生的关于《天下太平》的批评，他说《天下太平》中有很多的缺点。如："作者似乎很倾重于大众痛苦的暴露，以及农村破产的描写……"和"吴君把出路忘掉'了，把弱小民族应当奋斗反抗的精神给抹杀了，造成通篇'乞怜的哀鸣'……"等。这种说法，我是不能同意的。我虽然认为《天下太平》中有缺点，但我所说的缺点，却与烘燎先生说的完全不同。我是恰巧站在烘燎先生的反面。

第一，王小福的"没有出路"，"做贼"，"自杀"，这都是必然的原因，因为他早有他的"地位"和生活条件决定了。他是大朝奉，他是经常坐在柜台上，帮助当店老板用高利贷剥削穷人的。他的"生活条件"和"地位"，一向是和普通穷人不同的，所以，他一没落下来，便"无路可走"。因为他不能放弃他的"大朝奉"的身分，他羞与一般穷人为伍，而且，在体力上，普通穷人所做的粗重事情，他都不能做，他更不愿意随一般穷人去向现实"奋斗"，"反抗"。因此，王小福就只有孤独，永远无路可走，做贼，以全于自杀。……这是必然的结果，王小福的死，也就是整个"剥削"者的死。这是丝毫用不着怜惜的。

第二，除上述故事的发展，在《天下太平》中得到了相当的成功以外；在表现方法上，吴组缃君是还剩着有两很大的缺点的；（一）大朝奉的思想和身分，在王小福的身上还表现得很不够，在写王小福写得到处都无路可走的时候，是很容易使读者对王小福作无谓的同情的，作者应当把王小福的弱点——地位，思想和羞与普通穷人为伍等，随时随地地暴露出来，使读者都能知道：像王小福这种人，没落，无路可走，那才是活该的。（二）诚如烘燎先生所说：全篇中没有"奋斗"和"反抗"的精神。但我所指的"奋斗""反抗"，都和烘燎先生的不同。我并不是指王小福应该去"奋斗""反抗"，而是指吴组缃君笔底的一般穷人。吴君应当将一般穷人的出路，"奋斗""反抗"，很随便地带写下来，给读者以暗示，而反衬出王小福的永远没有出路。这就是说：人家都有出路，只有王小福这种人是非死不可的。这两点，我以为是《天下太平》中的一个不小的缺憾。

叶　紫

"手续费"与"刀手费"

本月十四日金满成先生在本刊上写了一篇《裤子掉下来了》，看了之后，很有一点感慨。

打人而把女人的裤子打下来，打下裤子来之后而且还要"手续费"，这真可以算得出是稀世的奇闻了。但，偶然回想到咱们的故乡——胡适之先生称为模范省的湖南——，就觉到打人还要"手续费"的事情不但不稀奇，而且似乎有点儿落后了。

据去年一位由故乡跑到上海来的公公说："世界是一天比一天变得怕人了，从前一年到头看到杀一个人，现在一天到晚可以杀几十个。杀了人还不打紧，还要什么，'刀手费'，'伙食费'……真是……"

当时听了，觉得非常惊异。便追根究底地问了一番。后来他详细地告诉我们：这种"刀手费"是县中团防局里的规定，每杀一名本地的犯人，犯人的家属就要送局长二十至三十元钱，作为"刀手费"，意思是谢谢局长，替犯人的家属除掉了一个坏人。如果不送，就不许被杀者的家属收尸，甚至于还要将家属监禁起来，逼着他把"刀手费"送上之后才放。

"为什么一定只限本地犯人呢？"我问。

"因为外乡人没有家属呀！"

"那么，伙食费呢？"

"伙食费是每天三角，有一天算一天！从入监算起，一直到被杀的那天为止。"

"阿……"

这谈话已经有一年多了，现在咱们的故乡有没有新的进步，我可不知道。不过拿金满成先生所写的"手续费"来和"刀手费"一比，似乎咱们的故乡是要比金先生的故乡进步一些的。

叶　紫

从这庞杂的文坛说到我们这刊物

这是一个文坛大混战的前夜！

自从"五四运动"掀动了这整个文坛的浪潮，连滚带爬的猛进到今日。十余年来政治状态的混乱，反映到文坛步法的庞杂，已经成了不可否认的事实。就在这庞杂的一团里面，有的已经跑到了时代十万八千里路的前面，而抓不住时代的核心。有的还在十六世纪的社会里呻吟，而不肯放弃旧的骸骨。守在象牙之塔里的作家，高唱着唯美主义，民族主义的英雄，狂呼着热血头颅。颓废者只写贫病交加；才子佳人只沉醉于风花雪月。

这样杂杂乱乱的一群，通通在这混乱的文坛上占了一大部分或一小部分的势力，如同军阀们瓜分着地盘一样。各尽所能的用着千变万化的花样来吸取广大的读者去拥护他们。暗中在自己割有的一块地盘里，筑起坚固的防垒，以避免外来势力的侵入。招兵买马，积草囤粮，都准备来一个更庞杂的混战。谁胜了谁就握得这个文坛的霸权。

这一些万花撩乱的把戏，这一个杀气重重的文坛，已经把青年们的眼睛，扰乱得分不出青红皂白了。大多数都盲目地跟着这喊杀喝吆的声音打磨旋！青年们有热烈的情绪，勇敢坚毅的精神，都想在这乌烟瘴气的阵线中找着一条良好的出路。

文坛的防垒太坚固了,青年们冲撞不进!

有的,少数的,已经拜了门,成了宗派,开始踏进这混乱的文坛。但是多数的仍旧在彷徨,仍旧是感到永远没有归宿的苦闷。

投稿到杂志或报纸的副刊上去吧,多如石沉大海,连个水泡都没有,稿子就被编辑先生摔进了字纸篓。书店的老板,看见你是无名人就要头痛三日,更不敢审察你的作品的内容。要求引入门墙吧,请你先三跪九叩首的叫几声、"老头子"称几声"门生",才许你当一个小喽啰。有名作家的假面具,猫儿哭老鼠的慈悲,处处都刺痛了无名青年们的心坎!

然而这是文坛大混战的前夜呀!无名的青年们不甘寂寞,都需要一个为自己为大众而奋斗的营阵!

因此去年十二月里,我们这几个百分之百的无名小卒,为着思想上性情上都没有大不了的分歧,又同是一样的没有出路,便偶然的组成了这么一个"社"。大家都穷,暂时只好借着这么一本小册子,来经常发表我们的郁积。

这不是一个大大的集团,没有门墙也没有派别。就是因为大家都是"无名"所以叫它个"无名社",我们十万分诚挚的同情于像我们这样的无名朋友,欢迎加入到我们这社里来。大家团结着,用自己的力量来开拓一条新的文艺之路。从这大混战的前夜里,冲到时代的核心中去!

我们不需要颓废的无病呻吟,更不需要才子佳人的风花雪月。不需要守在象牙之塔里的艺术家,也不想做一个文坛上的英雄豪杰。我们唾弃旧的尸骸,同时也不自称能干的描写一九三三年的世界。

眼前这一个庞杂的文坛,我们认定它就在这大混战里大半将要遭到不可避免的毁灭。新的世界,完全是大众的。大众的内容,大众的情绪,一直到大众的技术。

我们这几个无名小卒们,不敢有丝毫的妄想,只要求能够老老实实地攀住时代的轮子向前进。在时代的核心中把握到一点伟大的题材,来作我们创作的资料。我们不梦想趁着这个庞杂的大混战，来占据这文坛的一个角角儿；我们只求多认识几个无名的朋友，共同来开拓一条新的出路！

我们的心，比竹子的心还要虚。一直虚到连一个小小的节疤都没有。

现在，这个小刊物已经和亲爱的朋友们见面了，这自然使我们欣幸。形式，就是这样小小地一个二十面纸的旬刊，每月按次刊三本。内容绝对不涉及政治情形，只登载属于我们这一个范围以内的作品，如：文艺的批判，论文，翻译，创作小说，戏剧，诗歌，小品文等项。编辑的目标是百分之百的注重作品，不重感情。诚挚的将这块小小的园地，献给广大的无名作者！

来吧！亲爱的朋友们！我们团结起来，冲到时代的核心中去，开拓一条光明灿烂的出路！

这是一个文坛大混战的前夜！

国防文学的随感二则

一、你为什么不多写些国防的作品

有几位朋友,不只一次对我说:
"你是赞成'国防文学'的吗?"
"赞成的呀!"我说。
"那么,你为什么不多写些关于'国防'的作品呢?"
"你是说我写关于'国防'的东西太少吗?"我真心地问。
"不是的!我是说——而且从来也没有看见你写过这一类的作品呀!……譬如:东北义勇军的抗日血战,华北汉奸混入的蠢动,走私以及……"
"啊——"我打断他的话头,说"那么你的意思是以为只有这一类的作品才能算'国防文学'吗?假如他一向没有这一类的生活经验呢?……假如他只能多方面地描写和反映一点帝国主义的经济和文化的侵略呢?……当然喽!"我加重着说:"我们并不否认写义勇军和汉奸浪人之类的作品为'国防文学'底第一义!……"
"那么,这样——你就只能算一个无作品的或冒牌的'国防文学家'了喽!……"
他笑着说,并且把一顶预先制就的"国防文学家"的高帽子给我戴上了。他将"国防文学"了解成为"派别"或永久的"主义"之类的名词，而忘记了这不过是一种现阶段中底"文学运动"。而且将作品的圈子给你划得那么狭小。

这是一位好教师。他不但教你立刻去制造连你看都没看见过的"大炮"、"飞机"和"毒瓦斯"而且还嘲笑和否认了你目前所熟用的"匕首"、"投枪"、"大刀"和"九响棒棒"之类的功用。

然而，从此我们却可以看到一般人对于"大炮"和"飞机"似的"国防"作品，是怎样的在热烈地希望着。

二、找不到国防的材料

有一位在长沙的报纸上编副刊的朋友，写一封信来，说："……我很赞成'国防文学'，我也很愿意提倡'国防文学'。可是，我们这里的环境不好，因为我们这里的人民群众是看不到'国防'，而且看不到帝国主义者的直接的侵略的。很多人民还不晓得东北四省在地图上的什么地方呢。……稍微识几个字的人，都被压迫，威胁得只能说'提携''亲善'了，你叫我怎样去找寻'国防'的材料呢？没有材料，又叫我怎样去'提倡'呢？……"

我回他的信说：

"那么，我的亲爱的朋友，除东北四省外，在长沙就看不到日本以及任何帝国主义者的直接侵略了吗？——经济的，文化的和武力的。——长沙会成为一个例外的——跳得出帝国主义者及其走狗汉奸们的侵略和高压的铁手的——乐土吗？……人民大众为什么会不晓得东北四省在什么地方的呢？……教科书以及图书报章上为什么会忽然失掉东北四省和'国耻'的字眼的呢？您们的日常用品上所刻的招牌，记号，为什么会只有MADEIN……什么什么的呢？……湘江上为什么会有那样多的外国兵舰的呢？……亲爱的朋友，你还能嫌你那里的'国防'材料不富吗？只要你愿意做，随手一抓就是的呀！……"

这也是一位好教师，他就用他这样的理论天天教他的副刊读者群众。他以为只有在东北四省才配,才有材料写'国防'作品,只有等待长沙的"环境好了"——人民大众通统亲眼看到帝国主义者占领了长沙之后,才配提倡"国防文学"。他没有看到"仁丹"的广告已经贴遍了每一个穷乡僻壤,没有看见无"耻"的教科书的毒箭,已经深深地刺进了每一个天真的幼稚的灵魂。

然而,从此我们也更可以看到内地的帝国主义者的势力,及其走狗汉奸们是怎样在倾全力地执行"愚民"工作,"粉饰太平"和压制"国防"的言论。

叶　紫

《星》后记

　　因了自己全家浴血着一九二七年的大革命的缘故，在我的作品里，是无论如何都脱不了那个时候的影响和教训的。我用那时候以及沿着那时候演进下来的一些题材，写了许多悲愤的，回忆式的小品，散文和一部分的短篇小说。本来，我还准备在最近一两年内，用自己亲人的血和眼泪，来对那时候写下一部大的，纪念碑似的东西的。可是。我的体力和生活条件都不够，每一次的尝试都归失败了。我不能够一气地写下去；为了吃饭和病，我只能写一段，丢一下，写一段，又丢一下；三四年来，结果还仅仅是那么一大堆的材料，堆在一个破旧的箱子里。然而，我又不能停下笔来，放弃写作生活。于是，除了写一些现时的短篇作品之外，便在那一大堆的材料里面，割下了一点无关大局的东西来，写了两个中篇：一个便是这一篇《星》，另一个是正在写作中的《菱》。

　　这篇《星》是去年三月间完稿的。因为受着种种方面的束缚，故事和人物都没有方法尽量地展开；以致在九月间的《文学季刊》上发表时，还留下着第四章那样一个大大的空白。目前，总算是勉强地补缀上去了。但是，现在和一年前的环境既殊，心情和笔调又各不能一致，我想：参差，错乱和不贯通之处，总该不能免的吧！然而，我却没有余裕的功夫，再来将它细细地修饰了。

我希望我这篇正在写作中的《菱》，能得到一个较好的结果；我更希望我那久被血和泪所凝固着的巨大的东西，能够有早早完成的一日！

叶　紫

痛苦的感想

　　自一九三一年以后,每年到这个时候,我总得给逼着写一篇这样的文章。这在我——不,应该说着全中国不愿意做汉奸和亡国奴的人——实在是一桩最大的苦痛!我们为什么要写这样的文章的呢?在我们的历史上,为什么会有"九·一八"和"一·二八"这一类的字眼的呢?……我们要到什么时候才能把这些字眼抹去,才能不写这样的文章呢?……

　　过去了"五三","五九","五卅",又新添了"九·一八","一·二八"!……而且这些日子还仍旧不住地在一个一个地加上去。这是谁的罪过呢?……等到我们的那唯一的"好政府","长期抵抗"到中国的"堪察加"去了时,恐怕在我们的历本上,将无法再找出一个没有"国耻"的日子了吧!

　　那么,在目前,——在我们的"好政府"还没有到"勘察加"之前,我们这些小百姓们还应当怎样呢?是准备着将来躲到"堪察加"天天去写"纪念"呢,还是愿意马上就用自己的力和血去将这些字眼揩掉呢?……

　　事情是非常明白地摆在我们的面前了,只要是不愿意当汉奸和亡国奴的每一个中国人,都必须而且也应该赶快去选择在他面前的这两条路吧!……

致许广平信

景宋先生：

　　自从家慈去世后，我的健康恢复得极慢，承先生及各位朋友的帮助，总算是过度了一切难关，勉强地生活下来了。

　　近来，我的身体又比较好得多了。总想来看看先生和海婴先生，因为一者不知道先生的住处，二者我怕谈及豫先生的一切往事，而引起先生和自己的绝大的悲哀。这大半年来，我差不多给那接二连三的沉重的悲痛所压碎了，甚至不给我稍稍喘息一下。

　　看到先生征求豫先生的亲笔书信的启事，所以写了这封信来。

　　从一九三三年的冬季起，我开始和豫先生通信，算到去年十月止，至少也应当有三四十封。但是我费了很多气力，翻箱倒箧，寻来寻去，只找到这八九页信纸，其中还有一页是不完全的。我记得最初和他的通信，因为有种种方面的不便，大抵一看过就扯掉了，很少保留起来。（其中也有和其他朋友有关的信，寄给或转给其他的朋友了。）我总以为豫先生是永远不会离开我们的，谁知道不过三四年后的现在，就连求他的一个亲笔字也不可得了呢！唉！这几页信纸上每一笔一划，是如何的可宝贵啊！我后悔我当时为什么不将那些信一页一页地留起来呢！

叶　紫

　　这里一共是十页，最后一页（离先生去世仅十三天），是写给我的女人的，另外还有一封长的，是我在医院时写给我的，那封信我看得很宝贵，收得好好的，但不知道给孩子们翻到哪里去了，怎么也寻不到。

　　这些信我不愿意收回来了，请先生代为好好保存吧。如果印出来，我都要一副本做纪念。注解我希望在付印时也能加进去。

　　专此，敬祝

健康

海婴先生问好

叶紫叩
一九三七年四月十五日

回到乡村

××：

几个月不和外面的朋友通信了。病苦着我，生活苦着我。在长沙疗养院睡了整整五个月，因为疗养费的无着落，和女人孩子的要吃饭，使我时刻不能安心治疗，以致毫无结果。五个月——不好也不坏，宝贵的金钱和光阴是完全虚掷了。这才使我感到贵族式的疗养对我只有痛苦而无补益的。我又回到乡下来了。在乡下虽然完全脱离医生，但我自己也会知道如何疗养。最主要是我每月省下了二三十元的病院费。在乡下，二十元可以维持五六个人一个月的生活。

我需要和外面的朋友通信，我时刻关心着外面的朋友。……

我虽然病在床上，但我仍然不愿意而且也不能放弃我的工作。五六个月来，我一个字不写，病并未进步。以后我想还是写一点的好。在乡下，材料会和前线一样的多。前线的工作重要，乡下的工作也同样重要。我是时常在病的可能范围做着我的工作的。主要的推行兵役和反封建势力。你们不会知道，近年来湖南乡村中的封建迷信到了如何的程度，居然有自称神仙的人到乡下来卖避刀枪炸弹的符水，招募神兵，散布着不可思议的谣言，而乡镇长们还和他们勾结着。我曾揭破过四五个这样的阴谋，救了许多要去当神兵的青年农民。这些东西在农村中间简直是毒虫，汉奸，我真怀疑这些东西是有系统和组织的呢。

我只要可能，一定将这些情形（还有许多奇怪的和可歌可泣的事），写出报告文学或小说来。但病苦着我，常常使我不能提笔。

我是看了汉口《新华日报》上的关于全国文艺家协会的新闻，才知道你们还在汉口的。其他的许多朋友，我都时刻的系念着呢！

敬礼！

弟紫

读《丰饶的城塔什干》

（一）故事的大概

　　这是一部以俄国革命后的大饥馑为题材的长篇小说。主人公是一个十二岁的小孩——密茜迦，因为故乡闹饥馑，"有牛有马，人们都给吃尽了"，他便同另一个比他小两岁的孩子——瑟琉吉迦，抛下了饥饿多病的母亲和两个小弟弟，到两千俄里以外的丰饶的城市塔什干去找面包。他和瑟琉吉迦在出发时："如你遇着什么事，我帮助你。如果我遇着什么事，你帮助我。"这样互相约定着。后来瑟琉吉迦终于因了太弱小的缘故，中途得病死了。密茜迦他却仍旧提起了最大的勇气独自赶他的路程。在一个火车站上，他又遇着一个比他还能干一点的孩子叫特落费谟的，重新结了伙伴。餐同宿露，攀车顶，踏缓冲机，爬在车头上，还跑了一天一夜的路……之后，那个比他能干一点的特落费谟又先吊上了火车走了。他却还用了很多很多曲折的艰苦的方法，才达到他的目的地——丰饶的城市塔什干作了工，弄了面包回来。

（二）作者所欲表现的主题

　　涅维洛夫是苏俄很负盛誉的天才作家（可惜只有三十六岁就死了）。他的作品被译成中文的只有收在《烟袋》里的一个短篇和一本中篇《不走正路的安得伦》。这两篇作品所给我的感动,我以为都没有这一部《丰饶的城塔什干》来得深切。在这里,作者正确地深沉地描画出了俄国农民个性的典型。他借着这几个孩子的一举一动(也许只有孩子的个性是最无掩饰,最天真而又最易表现得具体的吧),把一切农民的本性,都赤裸裸地暴露无遗了。

第一,在全篇中比较表现得多而又十分浓厚的,要算农民私有财产观念了。涅维洛夫他用了全副的精力去刻划它,差不多在每一段和每一个小节里。

当这一对孩子刚刚离开家庭,还没走到多少路程的时候,主人公的密茜迦便首先感到自己的东西可贵了。

在他的口袋里有一块草面包。若是瑟琉吉迦他也有一块草面包那就好极了。每人可以吃一个,然而现在是再没有多余的。……
——你为什么不带点面包来呢?(P·19)想起来他们互相扶助的约定,他剖开一块面包:——哎!我们到了车站,你还我好啦。你看,我不吝啬啊。(P·20)

密茜迦处处存着私有财产观念的表现,一直到瑟琉吉迦死了,又遇着另一个同伴特落费漠的时候,他还是丝毫不肯放松的。他把他的一件上衣由特落费漠替他帮忙卖掉了,得了三千卢布买了面包,两人分吃着。因为面包原是密茜迦的上衣变卖得来的啊,于是:

最后密茜迦辗一辗眼睛,作一种狡猾的神气:

——现在,你得工作啦。
——干什么?
——在火车里给我找一个地方。
——而你呢?
——我,我给你东西吃了……(P·214)

在密茜迦，每次的幻想中，他总忘不了他要发财，他要兴家立业，他要买一匹马……一直到他从塔什干回来以后。……

除了这种农民私有财产观念的浓厚以外，第二，涅维洛夫还用了很大的力量，具体地写出了俄国大革命时农民没有集团性的事实来。的确，农民的自私自利的心思太重了。他们在需要人家帮助的时候，他们会觉得三个人或者是两个人总比一个人好。但是如果稍微有了一点儿利害冲突，他们就不惜马上把团体分开来，各人干各的。

在一个小车站上，密茜迦和特落费谟上不到火车，被赶走了四次，他们只好和许多同样的上不得火车的饥饿的农民，老头子，女人，木脚兵集在一块，商量着一道徒步走去。这个时候，他们是深深地感觉到很多人是比一个人好了呀，无形中：

他们集成了一个小的被弃者的集团。（P·219）

但一到后来，却又不对了。因为密茜迦身上还有几块卖衣服得来的面包，被木脚兵看见了。

——哪儿有面包？彼得追问。
兵指着密茜迦：
——哎！他那儿

密茜迦站起来身来，惊骇着，要为他那最后的快乐拼死命地斗争，眼睛都红了，如同从洞里被拉出来的黄鼬一样。特落费谟突然间也站起来捉着他的伙伴的胳膊。

——哎，我们认识路。

密茜迦和特落费谟走开了，随后又站住，眼里总放不开那班人。那些男人们也凝思地瞅着他们，好像准备要打仗一样。（P·229）

叶 紫

很明显的,密茜迦的特落费谟是一个小团体,为了大团体中有人要分他们的面包,便不惜马上和大团体决裂,两个一伙儿跑开了。这里,涅维洛夫是郑重地告诉了我们:农民终究是缺少集团性的,为的是他们的自私自利的心思太重了啊。

第三,作者还在这几个孩子中间,写出了三种不同的农民的头脑,配合在那一个大时代中。第一个是昏头昏脑的主人公密茜迦,他除了还有一点儿精明,干练以外,他是什么都不懂得的。那一个大时代好像与他毫不发生影响。他有时还得凭良心做事,他还相信上帝,他对于什么党,什么军,是一贯地不表示信任也不表示反对的,这大约是可以代表当时俄国的一般农民的头脑吧。第二个便是那个软弱的瑟琉吉迦,他之实也和密茜迦差不多,不过他是处处都表示软弱和害怕,所以他的结果是不能生存。第三个呢?便要算比较前进的特落费漠了。他是一个觉醒了的农民,他已经不相信了上帝。在吃面包的时候,密茜迦惊异地问他:

——你不祈祷吗?
——我不祈祷了。
——为什么?
——我不知道……我不想……(P·221)

并且,他还知道了一点儿革命,他初见密茜迦的时候。

——得入党啊。特落费谟叹道。
——哪一党?

他还告诉了密茜迦许多许多。这大约是写出来代表一班觉醒了的农民的吧。但,作者却丝毫没有模糊读者的视线,特落费谟终究不是一个工人，在那个木脚兵指着要分密茜迦的面包的时候，他到底还拖着密茜迦离开那"被弃者的集团"了。

总观上面各节，我们便知道了作者在这部作品里所要表现的主题。他其所以把握着这一次大饥馑来描写几个农民的孩子，他并不是为了好玩——如同我国的许多作家写小孩子一样。他相反的是要借用这题材来具体地表现俄国农民典型的个性，私有财产观念的牢不可破，集团性的缺少，靠他们来领导革命是不行的，而且，在那个时候必得实行新经济政策……

（三）技　巧

我首先应该说，作者的技巧是处处都值得我们学习的。第一，他告诉了我们要描写而不要长篇大论的叙述，而且要描写得简练，明快。他在这部作品里没有半句多余的话，没有超过十五行以上的冗长的小段。而且，写的时候不要太平铺直述，要有计划地把故事严密地穿插起来。第二，他告诉了我们，描写景物，一定要通过主人公的情感。否则，那景物是不存在的，他在这部作品里，没有描写过半点多余的景物。每一小点点都是通过了当时主人公的情感的。譬如密茜迦家中院心的设备，他在开始描写密茜迦的家庭的时候，他不写；一直到密茜迦快要离开家庭了，才向四外瞅着：

多么的不幸啊！
一个车轮，一个套包，拉在地上，但已经没有马。没有牛了。先前，母鸡咕咕地叫；公鸡放大着嗓子唱歌；现在只剩下几根柱子，和一个零落破烂的鸡架。有什么要紧！他会有机会到塔什干，那一切都可以解决了。（P·11）

第三，第四……因了篇幅的限制，好的地方是举不胜举了。读者只要细心地去咀嚼，便会自然领悟的。

（四）一个些微的缺点

在这部伟大的作品里面，我个人总还觉得有一个小微的缺点，那就是第二十章（P·145起），写密茜迦说谎的性格，突然有一点儿过火了。人家在黑夜里向他要一百卢布，他竟能泰然地用一张白纸去搪塞人家，而结果并未被发觉，这似乎是有一点儿过火的，不过，在情理上说，总还可以说得过去。

《丰收》自 序

  经过很多朋友的鼓励，我终于厚颜的将这本不成器的小东西付印了。

  我很能知道自家的缺点：这本小东西里面太缺少艺术成分，技巧大半都不大高明。对于人物的把捉，故事的穿插，往往都显得笨拙，有些地方叙述得太多，描写得太少。……

  这里面，只有火样的热情，血和泪的现实的堆砌。毛脚毛手。有时候，作者简直像欲亲自跳到作品里去和人家打架似的！……

  然而，这东西虽不成器，我却并不气馁。或者还正因为经过了一个这样的创作过程，才能使我更加努力的向文学前程迈进！我还年青得很。我能够虚心的接受一切善意的批评，我能够刻苦的，辛勤的，不断的学习。在前进的批评家，朋友，和老作家们的谆谆诲导之下，在自己的刻苦的，辛勤的努力之中，我相信我不久的将来，总能有一点儿像样的东西出现。

  不失掉我的原有的热情，加强我的技术的修养和生活的体验，便是我印这本小东西的主要动机。

  那么，这就算是我创作上的某一段过程的结束吧。我在这里期待着读者们的严厉的批判！

《丰收》后记

自己的东西是永远不会满意的,所以校完后,除惭愧和加勉之外,一无话说。

感谢鲁迅先生抽空为我作序。

感谢新波先生日夜为我赶刻木刻,使我的这些不成器的东西,增加无限光彩。

感谢丁、杜诸先生,及社中的好友。或为我奔走印刷,或为我校对,或为我发行与推销。

《丰收》四版的话

这本小册子在今年底半个年头之内,——三月至九月——居然重版了三次,这是使我非常感激而且惭愧的事情。感激的是这样一本不成器的,粗暴的小东西,竟能得到这样多亲爱的读者底垂爱;惭愧的是这本小东西出版一年多来,因了贫穷和不断的病底缘故,使我不但不能够多创作出来一点较好的东西,供献给亲爱的读者,而且连给这本小东西好好地修饰和装帧一下的余功,余力都没有。这在作者,是实在惭愧得无话可说的。

我记得,三月里再版时,自己正病在床上动弹不得,又因为没有多的钱,一切都只能够听凭印刷所去摆布。结果,除了受尽印刷所老板底白眼之外,封面是给印得一塌糊涂了,插图给插得颠颠倒倒了。三版时,虽然换了一个较大的印刷所,但自己还是病着,没有去校对,结果仍然那样坏的:纸张黄得几乎要变成黑色了,墨色模糊得几乎认不出字来。一直到现在,——到这一版,才算比较地像样了一点儿。

可是,内容仍旧是这么一些粗暴的家伙,这却没有法子能够补救!……

我希望这本小册子在今年或明年还有重版的机会,使我能得到更多的亲爱的读者底批评!我更希望自己从今以后再不得病,好多多地,刻苦地创作出一点像样的东西,以回答亲爱的读者诸君的爱护!……

叶　紫

悼高尔基

高尔基是我受影响最大，得益最多，而且最敬爱的一个作家。

当从报纸上得到他的病讯的时候，我正应一个朋友的邀约，准备到杭州去作一个短时间的旅行，为了挂念这病着的大作家，我带了两本最心爱的他底著作：一本是《短篇创作选集》，一本是《草原故事》。因为从这两本书里，我可以看到这个作家的伟大的灵魂，也可以学到一些"怎样去生活"的方法。当然，他的伟大还不仅仅是这两本书，我爱他的也不仅仅是这三数篇作品，然而我所得到的关于这两本书的益处，也就不少了。

虽然在旅行中，我是每天都在挂念着他的消息，我看到他体热降低，我觉得欢喜，看到他体热增高，我觉得忧虑，而且也更能从那两本书里看出他的伟大处来。

他的死讯，是我重回上海的第二天才得到的，我的心里当时觉得一下子沉下去了！我不能找出一句适当的话来形容我底心中的悲哀和纪念他的人格的伟大！

他的死，不但是苏联的损失，而且是全世界文学青年的损失，因为我们将再得不到他的新的指示，再看不到他的新的伟大的作品了。

纪念他和哀痛他,只能由他遗留下来的作品里去找寻我们"怎样去生活"的路。

这"路"是非常的长的,黑暗而且艰难的,他的作品将永远像一盏明灯那样地照耀我们前进!